U0019977

傅林統童話

Fairy tales train

傅林統 ◆著

徐錦成 ◆主編　　貝 果 ◆插圖

童話列車
05

目錄

目錄

Fairy Tales

編輯前言

呼喚童心

徐錦成

童話，是魅力獨具的文類。一個人兒時接觸到的童話，往往影響其一生。一個文明的童話，也往往反映出——甚至型塑了——這個文明的人民性格。

童話一方面是活潑的，但同時也是溫和的。

活潑，因此我們可以從童話中看出一個文明的想像力與創造力。

溫和，因此童話界少有話題、少有論戰，以致文壇的聚光燈也難得打在童話身上。

童話的發展跟文學的發展息息相關。但從文壇的現狀看，詩、小說、散文是三大主流文類；戲劇作品不多，

但也有其地位。至於童話，與前四者相較無疑最為寂寞。文學界長期的忽略，使童話受到的肯定遠遠不及她本身的成就。

是該重新認識並重視童話的時候了！

童話，是呼喚童心的文學。不只屬於兒童，也屬於所有童心未泯或想尋回童心的成年人。而童心，在任何時代、任何社會都是最寶貴的。錯過童話，對喜歡文學的讀者來說是一大損失。

九歌出版公司自二〇〇三年開始推出「年度童話選」，獲得廣大迴響。如今又推出「童話列車」，在台灣兒童文學出版上更是史無前例的大事。以往的童話選

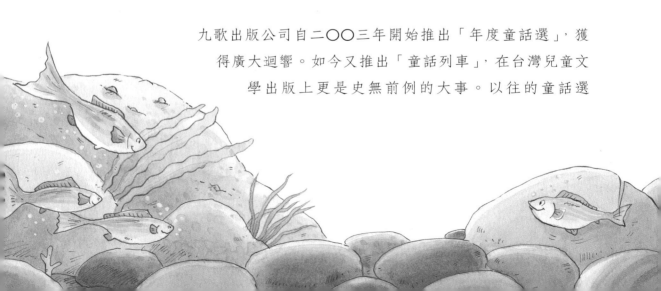

集，不論依類型或依年代來編，都是集體作者的合集。而這次，我們以個人為基準，要為童話作家編出一部部足以彰顯其成就的代表作。

在作家的選擇上，所有資深的前輩作家以及活力旺盛的中生代作家，只要作品具有一定的質量，都是我

們希望合作的對象。而作家的來源也不限於台灣。我們放眼華文世界，希望能為各地的優秀華文童話家出版選集。

在篇目的選擇上，則由編者與作者深入溝通，務必使所收錄的作品能確實具有代表性、能充分展現作者的風格。每本書末皆有一篇賞析專文，用意在提醒讀者留意該作家的童話特色。

我們希望透過這一系列精選集，向優異而豐富的華文童話家致敬。更期望大小讀者能透過他們的作品，品味到文學的童心。

說故事爺爺的話

　　童話，趣味無窮的文學類型，跟童年緊緊相連的一種藝術，終生難忘的閱讀樂趣。以我自己來說，童話不但娛樂了我的許許多多小朋友，更娛樂了我自己，而融合在我的生活跟我的職業──教書當中。

　　童話，廣義的說包括給兒童的，使他們感到興趣，使他們快樂的所有故事。有生活童話、擬人化童話、奇幻童話等三類。

　　起初為了使幼小的學生，課上得愉快，我從身邊俯拾皆是的題材編造了一篇又一篇的故事，配合課程的內容生動活潑的講給他們聽，後來這些「生活童話」變成了短篇的或中長篇的兒童小說。不過我覺得兒童們喜歡的還是離開現實有些距離的，純粹的童話。

於是我說的故事轉進了另一個階段，說的盡是「鳥言獸語」了。果真帶著奇幻氛圍的擬人化故事，對兒童來說是魅力無窮啊！

現實的生活童話，固然貼近生活，卻有種影射讀者的壓力吧！反而動物為角色的來得輕鬆安心，也更有趣。

後來我的生涯從小學老師經歷了主任、校長，職務有所變換，跟兒童分享童話的樂趣卻一直沒有改變，於是從「說故事老師」升上了「說故事校長」，一路走來始終如一。在教室裡每次講起故事，全班鴉雀無聲，有些孩子唯恐聽漏了，還悄悄地離座蹲到我腳邊，仰首入神諦聽，時而歡笑，時而嘆息，嗨！我自己更是手舞足蹈，當起話中主角，有一次太陶醉了，竟然一腳踢翻講台旁的水桶，引起蹲在那兒的故事紛絲哄然大笑呢！

十年前退休了，也走下說故事的講台，若有所失，幸虧桃園縣文化局兒童室，又給了我一個舞台，也升級當上了「說故事爺爺」，繼續享受童稚真摯的掌聲。這時我感覺兒童需要的是既有鄉土味，又有現代感的故事。於是我從豐富的台灣民間故事選擇膾炙人口的，保留永不

褪色的祖先的智慧，以「再創作」的手法，注入奇幻的藝術氣息，企圖給台灣民間故事一次新的衝擊和改裝。本來「台灣童話」就帶著濃濃的海洋風味，接受南島文化、大陸文明、西歐藝術的薰染，如今再給予奇幻風潮的交融，果然顯出了更蓬勃的生命力！

為了再創作的「台灣童話」，披上柔和的朦朧之美，神秘幽深的感覺，壯闊遼遠的氣勢，我選擇不同的素材，分別寫了「月亮說的故事」、「星星說的故事」、「太陽說的故事」三集作品。

「月亮說的故事」有一篇入選九歌《九十四年童話選》，有一篇入選《國語日報童話精選集》。以新的思考激發台灣民間故事再生的願望受到肯定，使「說故事爺爺」備感振奮。

我的童話大多像謎語一般，叫讀者們猜猜謎底是什麼？例如到「鳥言獸語學校」上課的冬冬，起初一句話都聽不懂，後來聽懂了，為什麼？那「鳥言獸語」影射的又是什麼？聰明的讀者你一定猜得到謎底的！

還有「三個爸爸的張趙胡」，是家喻戶曉的一則台灣民間故事加以再創作的，三個爸爸都疼愛一個孩子，張趙胡對三個爸爸都一樣的孝敬，象徵的是什麼意義？你發現老祖宗說故事的內涵了嗎？還有張趙胡哪裡來？回哪兒去？你能揭開他神祕的身世之謎嗎？

「說故事爺爺」總是很賣力的說故事，為的是享受讀者的鼓舞，現在承蒙九歌出版公司把我的童話精緻的包裝起來，配上的是神氣活現的插圖，高雅華貴的製本，展現了令人愛不釋手的帥氣，使我感銘在心，期待著你的閱讀和掌聲，謝謝！

傅林統 民國九十六年三月

月亮說的故事

　　皎潔的明月高掛夜空，把銀光灑向大地，也把關愛的情誼送給地上的每個人，她喜歡台灣這美麗的島嶼，因為這兒有許許多多奇妙的故事，一切經過，她都看見了，現在由她來講「台灣童話」，格外婉約動人，趣味盎然。月亮，她能言善道，引人入勝，現在大家就來聽聽她說的故事吧！

Part.01

超人七兄弟

月亮什麼都知道，因為她看得見天上、人間、魔界。

她在天上、人間、魔界，都看到了「超人」，是很不一樣的「超人」呢！

在人間，

月亮看見一對夫妻求神問卜想生寶寶。虔誠的妻子懷孕了，挺著很大很大的肚子，生下了七胞胎。一模一樣，分不出彼此的七個孿生兄弟啊！

七兄弟的爸爸，夢中見了仙翁，給孩子取名字：大頭一、長手二、硬頸三、韌皮四、畏寒五、長腳六、深目七。

好奇怪的名字喲！

七兄弟長大了，是乖巧、健康、伶俐的少年啊！

有一天，媽媽生病了，病得很重，躺在床上瘦得不像人樣。

仙翁又在爸爸夢中出現，說：「媽媽的病吃火鳳凰的蛋就會好。」

火鳳凰在哪裡？在魔界的火山島，魔王派魔將鎮守的火焰山。

無所不知的大頭一說：「老二有辦法！」

長手二忽然發現自己的手不斷的伸長，竟然伸到魔界的火焰山，摸到了火鳳凰亮麗的彩色蛋。

月亮看見了，興奮的給長手二鼓掌叫好，這一叫，不好了，叫醒了打著瞌睡的魔將。

長手二很快的縮回了手，魔將隨後追了過來，不過哪裡追得上長手二的手呢！

媽媽吃了火鳳凰蛋，病好了，健康了，快樂了。

可是，魔王和魔將找上門了，魔王指著大頭一說：「你眼睛咕嚕咕嚕的轉，一副不老實模樣，一定是偷蛋賊！」

大頭一被抓到魔城去，到了城門，大頭一的頭忽然像吹氣球似的膨脹起來，再大的城門也進不去。

魔王說：「就在城外斬首算了。」

大頭一聽了，心中有數，卻裝著可憐相說：「斬首沒話說，但希望臨死前回家拜別父母。」

魔王心裡很不情願，可是天上的月亮在向他眨眼，也就勉強答應了。

大頭一回家，換硬頸三來，魔王認不出，再怎麼揮舞魔劍，也傷不了老三，氣急敗壞的說：「砍不了頭，剝你的皮！」

★ 超人七兄弟 ★

硬頸三說：「魔王啊！身體髮膚受之父母，不敢毀傷孝之始也！就讓我回家拜別父母吧！」

魔王看見月亮又向他擠擠眼，只好勉強答應了。

硬頸三回家換韌皮四來，魔王磨刀霍霍刺向

老四，怎麼也刺不
進刮不傷，魔王
氣沖沖的說：
「丟進油鍋看你
還能怎樣！」

韌皮四回家換
畏寒五來了，油鍋
滾燙，只是老五怕冷不
怕熱，還笑嘻嘻喊著：「好
舒服喔！再燒燙點兒吧！我就是喜歡又熱又燙呢！」

魔王再也不理會月亮，憤怒的跳腳咆哮，抓起人就
向大海拋去。他萬萬沒想到長腳六早已經替代了畏寒五。

長腳六的腳突然變長，悠然的站在海中招呼海豚帶
路，觀賞海底美景去。魔王不顧一切，掏出懷中暗器扎向
長腳六的眼睛，還惡毒的說：「叫你瞎了眼，還能觀賞什
麼海景！」

不過深目七已經在那兒接招了，暗器都被老七深深
的眼孔給吸收了。

魔王一次又一次的失敗，顏面全失，羞愧的轉身就

跑，一口氣跑回魔宮，再也不敢出來囂張了。

月亮看見了一切，高興得渾圓的臉更圓更滿了，給合作無間，捧著海產回家孝敬父母的超人七兄弟，一路照得光明亮麗。

在魔界，

小鬼們為了魔王的一道命令忙翻了天。

「趕快給我製造贏過人間七兄弟的超人，不！不！是超級魔鬼！」

叮叮噹噹！叮叮噹噹！魔界的鐵工廠全體總動員，超級魔鬼打造好了，不過只是一具具的機器，是沒心的鬼物，撞毀了魔王的魔宮，折斷了魔王的魔劍，吞沒了魔王的所有暗器，最糟的是認不出主人是誰。魔王很生氣，叫囂著重做！重做！害得魔界的小鬼都得了憂鬱症。

在天上，

天人就是超人，人人身懷絕技，來去自如，何止七兄弟！

在天上，

國土就是淨土，園林、堂閣、珍寶、天樂，無奇不有。

月亮喜愛那清淨安穩的土地，希望自己能更皎潔明

亮，把天上超好、超美麗的景象，照映在人間，使人間也像天上，人人都是超人，都是天人。

——原載二○○五年九月二十一日《國語日報》

（本文入選九歌版《九十四年童話選》）

★ 超人七兄弟 ★

Part.02

三個爸爸
的張趙胡

那奇異的事件，高掛在夜空的月亮都知道，因為她目睹了一切的經過。

是皎潔的月兒悄悄的照亮大地的夜晚，從銀河系和平星來的幽浮，不聲不響的掠過百家村時，不知道是故意的還是不小心的，竟然掉下了一顆種子，是像螢火蟲那樣會發亮的種子，就掉在張老頭家的庭院。

第二天一大早，張老頭一開門，就驚訝的叫了起來。

「呀！哪來亮晶晶的南瓜子？聽說年紀大了吃南瓜子延年益壽，我這就煮來吃！不！等等！只有這麼一粒，何不種下它，長了南瓜，就會有千百顆南瓜，然後——嘿！嘿！不但養生又是發財！」

張老頭把南瓜子埋在庭院角落，很快發芽，很快成長，沒幾天蔓藤就爬過了牆，伸進了鄰居趙老頭家，又沒幾天瓜蔓越過了趙家屋頂，進入了胡老頭家的庭院。

這棵南瓜，蔓長葉茂，花開蝶舞，三個孤獨的老頭兒都很喜愛，可是奇怪的是它只結了一個南瓜，是渾圓的超級大南瓜。張老頭很擔心，因為他辛辛苦苦灌溉施肥，那大南瓜竟然結在胡老頭家，張老頭老遠的天天望著像吹氣球般膨脹的南瓜，不知如何是好。

趙老頭起初以為麻煩的東西長了過來，想提出嚴正的抗議，但後來眼看著在胡老頭家結了個大南瓜，心想：「等南瓜成熟了再說，到時候我也可以分得一份啊！」

胡老頭呢？起初也嫌麻煩，等到結了超級大南瓜，卻沾沾自喜的想：「嘿！這下好了，我可以不勞而獲了！誰叫它是結在我家庭院啊！」

　　等南瓜熟得差不多了，胡老頭就趁著別人沒注意，悄悄的摘下了大南瓜據為己有。張老頭一發現大南瓜不見了心急得不得了，一查去向，馬上向胡老頭提出抗議：「那南瓜是我種的啊！」

　　胡老頭立即反駁：「俗語說種瓜容易結瓜難，這南瓜是結在我家院子的，當然是我的！」

　　這時趙老頭也來了，他說：「你們聽我說，這南瓜雖然是張老頭種的，而是結在胡家的，可是如果我切斷了瓜蔓兒，還會有結果收成的今天嗎？因此南瓜應該是我的！」

　　三個老頭爭得面紅耳赤，還動起武來，你推我，我踢你，你一拳，我一巴掌，驚動了街坊鄰居，也驚動了夜空的月亮。全村的人都來看熱鬧了，就是沒有人勸架，因為村子裡的人都喜歡吵，喜歡鬧，更喜歡大打出手，這樣人人有戲看，人人都成了啦啦隊，好不過癮！只有月亮很傷心，傷心著地球人住在花好月圓的大地，為什麼那麼愛

吵架？

　　為了陶冶地球人的心靈，月亮更用心的把大地照得更美麗，讓山丘森林浴在銀光裡，水塘的漣漪蕩起圈圈光譜，螢火蟲的燈籠更閃閃爍爍，貓頭鷹的眼睛也更光亮。

　　呀！大南瓜發光了！像霓虹燈，不！像北極光那麼美麗！

　　三個老頭被光一照，緊繃的氛圍、怒氣沖沖的臉譜，都突然緩和了，微微的露出和藹的笑意，一齊靠近南瓜看個究竟。

　　大南瓜忽然砰一聲，裂開了，裡頭躺著一個臉色紅潤，頭髮烏黑，手腳靈活，哭聲洪亮的嬰兒。月亮知道那是和平星的幽浮故意送來或不小心掉下的，可是月亮不知怎樣告訴三個老頭兒。只見張老頭喜孜孜的抱起嬰兒說：「我早年喪妻，這一定是上天賜給我的啊！」

　　趙老頭說：「不！他應該是我的孩子啊！月亮可以見證！」

　　「不！他生在我家庭院啊！」

　　月亮以為三個老頭又要吵成一團了，想不到一起抱著嬰兒的六隻手，是那麼的溫柔，一起看著嬰兒的六隻眼

睛是那麼的親切。月亮知道了，她都知道了，原來他們的心都被嬰兒天使一般可愛的眼神給融化了。

三個老頭幾乎同時面帶笑容的說：「我們一起當這孩子的爸爸好了，這孩子就取名張趙胡吧！」

月亮很感動，因為這是她最喜歡看到的美麗的情景啊！月亮悄悄的自言自語：「我要成為滿月圓，祝福張趙胡的誕生。」

三個爸爸的張趙胡，給三個老人帶來歡欣也改變了他們的性格了，左右鄰居所有村人，都因南瓜兒快樂了起來。因為張趙胡很特別，他長得很健壯，很聰明，友愛玩伴，禮讓長輩，孝敬三個爸爸。其實張趙胡自己也覺得跟別人不一樣，一顆心時常熱熱的，好像從天上不斷地傳來看不見的奇異的力量，還有奇異的愛心，愛幫助別人，愛把自己的聰明和力量分享別人。

張趙胡的人緣特別好，自從有了他，這裡變成了真正的和平村，村人都捨棄自私心，互助相愛不分彼此，而且更喜愛大自然尤其喜愛賞月，從上弦月到滿月都喜歡。

張趙胡長成健全的少年了，他愛村人，村人愛他，雖然三個爸爸都年老去世了，但他一點兒都不寂寞，村子

裡也沒有一個寂寞的村人。有一天晚上，張趙胡登上村郊的山崗欣賞渾圓的滿月，忽然從天上降下一艘幽浮，不聲不響的，然後門開了，走出一位慈祥的老人，來到驚訝發呆的張趙胡面前說：「孩子，我們回去吧！」

張趙胡詫異的說：「這村子就是我的家啊！」

老人指著遙遠的天上說：「其實你的家在浩瀚的宇宙中銀河系的和平星，你所以出生地球，就是為了給地球人帶來愛心，平等、和平的心，現在任務完成了，所以我來帶你回真正的故鄉，在那兒，你不只有三個爸爸呢！因為那兒是老吾老以及人之老，幼吾幼以及人之幼的大同世界啊！」

張趙胡失蹤了，在滿月的夜晚，村郊的山崗，有人親眼看見他上了幽浮，然後那幽浮騰空而去。村人相信他是為給地球帶來宇宙最可貴的訊息而來的，於是一傳十，

十傳百的傳誦著「三個爸爸的張趙胡」的故事，月亮很高興，因為她知道好故事要傳開來，讓更多孩子都快樂起來。

──原載二○○五年九月二十八、二十九日《國語日報》

Part.03

水鬼當城隍

月亮喜歡照在大地、照在池塘、照在湖面，還有河水上。

平靜的水，月亮當成梳妝的鏡子，照著自己美麗的倩影。

銀波蕩漾的水，月亮當成舞池欣賞自己婆娑的舞姿。

每個十五夜，月亮都滿懷歡欣，梳妝起舞，好不愜意！可是有個夜晚，月亮看見了奇異的景象，也看見了水鬼，就在山崖、在河邊。

山谷裡，人跡罕至的小溪，水鬼就在那寂靜的深潭，過著孤獨的日子，耐心等待有人過河，乘機捉他來替代，好使自己投胎重生。

山村裡有個孝順的少年——阿成，為了給生病的母親吃補，就來深潭捕魚。水鬼眼看機會來了，興奮的化成一條魚，引誘少年不知不覺踩入深不見底的河潭，使他滑一跤，被潭底冰冷的水凍得雙腳抽筋。

可是阿成臨危不亂，自言自語：「我不能死，不能叫愛我的媽媽傷心，腳不行，看我的雙手吧！」

水鬼一聽，知道阿成是個孝子，心軟了，放開了

★ 水鬼當城隍 ★

他。

阿成上岸了，水鬼也現身了，水鬼說：「小弟，我們結拜做兄弟吧！」

阿成疑惑的說：「你是鬼，我是人，怎麼可以結拜？」

「因為我們結拜了，我就可以幫你捕魚豐收。」

「你不會騙我吧？」

「人會騙人，鬼是不會騙人的！」

「那麼就請月亮見證我們的心！」

從此阿成捕魚每次豐收，兄弟的感情也一天比一天親密。

有一次，水鬼談起了自己的身世，原來他是富商的少爺，奉父親之命出外收帳款，一路匆忙，日夜趕路。一天傍晚路過山區，兩個轎夫起了歹念，把他扔下山崖，淹死深潭，搶走了鉅款，拋下大轎逃之夭夭。

水鬼說罷，面露一點兒感傷，卻又有些欣喜的說：「小兄弟啊！我們明天就要別離了！」

阿成詫異的問：「好端端的，你要到哪兒去？」

「我要轉世做人了！」

水鬼當城隍

「怎麼轉法？」

水鬼猶豫了一下說：「我們這樣要好，告訴你也無妨，明天傍晚，月亮剛升起的時候，會有個賣菜的少女挑著空籃子來清洗，那時，我就會把她的籃子推進深水處，當她一步步走了過來，我就淹死她，得到替身。」

阿成聽得冒出一身冷汗。

水鬼再三叮嚀：「你千萬不能告訴別人喔！」

那天晚上，阿成輾轉床上，一夜都沒睡好。好幾次透過窗子，問著明月該怎麼辦？他心裡亂極了，保守祕密吧，賣菜女會冤死，揭開祕密吧，又對不起結拜兄弟。阿成心中很矛盾，可是仍然阻止不了他救人一命的意念。

第二天傍晚，阿成躲在山溪旁的蘆葦叢裡觀察，正如水鬼所說，賣菜女的菜籃子掉進深水處，她一步步往深淵而去。就在緊急關頭，阿成大聲一喝：「喂！停住！水鬼會淹死你！」

阿成救了賣菜女一命，可是卻害苦了水鬼，水鬼礙於結拜的情份，也是無可奈何。

後來水鬼又有一次轉世的機會，辭別時又說出了祕密。

那天，一對新婚夫婦回娘家，歸途中，嫌盛過米糕的籮筐髒了，挑到山溪清洗，沒想到籮筐被水鬼沖到深淵，男的急忙踏進深處，又被阿成攔阻救回一命。

水鬼失去了兩次轉世做人的機會，卻絲毫不怨恨，為了善良的結拜兄弟，他寧願繼續在水裡受苦。這樣的愛心看在月亮眼裡，忍不住就告訴了雲，也告訴了風。地府的閻羅王聽了風聲，很是感動，恰好世間上有了一個城隍爺的缺，閻羅王就派這水鬼去就任，還安排他從前坐過的大轎，放置在廟堂門口。

臨行，水鬼很捨不得兄弟，就邀阿成一起到河邊走走互訴離情，他說：「我們兄弟一場，這就要永別了，我有一件重大的事想央求你幫忙不知你肯不肯接受？」

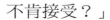

「再難，我也接受，誰叫我們是兄弟，而且又是你的大事。」

於是水鬼就從懷中掏出一座精雕細琢的金龍說：「你帶回去，千萬不

可以自己收藏，也不可以賤賣，找一對富翁出售。」

　　阿成雖然很喜歡那照在月光下光芒燦爛的寶物，但心中惦念的是兄弟的吩咐，因此遍訪全縣尋找買主，最後找到兩位合夥開金舖的大富翁，他們也正在覓求高貴的鎮店之寶，同時又是「一對富翁」，使得阿成暗暗稱奇，因此很快成交。

　　說也奇怪，兩位富翁買下的時候，明明是金龍，可是拿回家卻變成了鐵龍，不！不是鐵龍，是鐵山，是狀如蟠龍，又如山岳的鐵塊。富翁氣憤極了，一狀把阿成告到縣老爺那兒去，縣老爺一聽阿成訴說怎樣認識水鬼，一直到水鬼要他賣金龍的經過，不禁怒氣衝天，拍案大喝：「一派胡言！」立刻把阿成當詐欺重犯押進了大牢，準備仔細查證再審理。

　　可是當晚，縣老爺在庭院賞月，忽然隱隱約約的聽見一陣陣風聲，似乎在反覆的說著：「明鏡高懸，鐵證如山！明鏡高懸，鐵證如山！」

　　縣老爺恍然大悟，「明鏡高懸」，這不是我前天贈送城隍爺的匾額嗎！於是連夜叫人押來原告和人犯，統統帶到城隍廟問案。

說也奇怪，兩個富翁一到城隍廟，看見廟堂門口的大轎，忽然雙腳發軟，全身發抖。縣老爺說：「今晚，我一入睡，城隍爺就來託夢說：金龍變鐵龍是指真相大白鐵證如山啊！你們還記得這大轎嗎？不記得的話城隍爺說要幫你們好好想起來呢！」說罷指著廟堂兩側，七爺八爺，還有許多鬼卒緊握在手裡的刑具。

　　「記得！記得！」兩個富翁雙雙跪下，跪在「明鏡高懸」的匾額下，面如轎中人的城隍爺前，不住的磕頭認罪。

　　一切都圓滿了，像中秋月一般。阿成快步回家，帶著賣了金龍的錢，要把消息告訴媽媽，月亮親切的照著路，祝福阿成與城隍爺金蘭之交友誼永固。

──原載二○○五年十月五、六日《國語日報》

Part.04

月仙美容院

每到滿月的夜晚，阿月一定獨自在花園裡，悄悄的仰望月兒嘆息：「明月啊！明月，我阿月為什麼長得這麼醜？同樣叫做『月』，你是那麼的美麗，那麼的光亮，那麼的討人喜愛，而我呢？唉！不說了！說了難過！」

　　阿月是人家的婢女，主人是一對吝嗇的夫妻，家財萬貫卻從來不肯施捨助人。對家裡的婢僕更是無情且苛刻，工作要求多，卻連起碼的伙食溫飽都談不上。因此婢僕一個個逃走，最後只剩下七老八老的阿婆和醜女阿月。

　　阿月知道自己醜，不敢有任何奢望，心裡雖怨嘆，也只有加倍努力，求得不被趕走就是了。縱使阿月表現得很好，女主人還是常常嘲笑說：「你這蟾蜍臉、朝天鼻、鬥雞眼，又醜又怪，是我前世欠你的吧！用到你這種醜八怪！」

　　女主人一臉委屈的樣子，因此動不動就無緣無故的向阿月咆哮，甚至鞭打一番。天上的月亮看見了，又聽阿

月的訴說，不禁同聲嘆息，只是那聲音總是被風給吹散了。

有一天，富翁過生日，夫婦倆一想到請客要花很多錢，就覺得很捨不得，可是後來仔細盤算，是有利可圖的，夫人說：「趁這個機會大打秋風撈一筆，老爺的六十大壽啊！誰好意思不送禮，既然送禮還敢小氣嗎！」

老爺說：「小氣是我們夫妻倆的專利，別人哪敢仿冒！」

宴請客人那一天，才夜半，夫人就大聲吆喝，罵聲連連，指使彎腰駝背的阿婆和醜女阿月準備菜肴，捨不得請廚師烹調，還好，阿月的手藝是一流的。

接到請帖的人都覺得十分詫異，不過對方是富甲一方：大名鼎鼎的人物，只好抱著「看個究竟」的心赴宴。

賓客來了，女主人殷勤款待，大家交頭接耳談論：「真是不可思議！她平時不是這樣的啊！」

「還不是看在我們的大紅包份上！」

「對！真是超現實的貴夫人！」

宴會開始了，阿月和阿婆在廚房裡忙得團團轉，忙了一個段落，阿月舒一口氣坐在門口歇歇。這時門輕輕的

開了，走進一個女乞丐，一身襤褸，步伐蹣跚，一言不發的盯著桌上的菜肴。

阿月不由得心生憐憫，夾了一塊雞肉偷偷的送給她。就在這時候，一聲吼叫：「阿月！你做什麼！你是誰？還敢偷我的東西送人！」

原來眼尖的女主人正在監視，她怒氣沖沖奪回了女乞丐的雞肉，順手猛力的把她推出門外還罵著：「你這髒東西，我正在宴客，不准再跨進一步！」

女乞丐垂頭喪氣的走了，夫人一轉身又吆喝著：「醜八怪！告訴你，再敢擅作主張，要滾的就是你！」

夫人又招呼賓客去了，阿月偷偷的開門看看，那女乞丐蹲在不遠處，好像餓得走不動了，阿月不顧一切，飛快的塞給女乞丐一些食物說：「你帶著，快點兒離開，不要再叫我家夫人看見了！」

女乞丐再三稱謝，阿月很怕夫人再來，扶起了女乞丐轉身就要回去，可是卻聽見女乞丐以輕柔美妙，似乎是天上才有的那種聲音說：「阿月！不用怕，回過頭來看看我！」

「呀！你是……」阿月面前站的是氣質高雅，美如天

仙的女人啊！她說：「我是月宮裡的嫦娥，月亮娘娘知道你是個心地善良的好女孩，特地要我來幫你實現願望。」

阿月想到自己每當滿月的夜晚，都望著明月說出心聲的事，不禁羞得臉紅了。

嫦娥說：「我知道你的心願，我這就帶你到『月仙美容院』去！」

阿月高興得一顆心幾乎要跳了出來，可是一想到廚房的工作還那麼多，就很為難的說：「可是我現在離不開身啊！」

嫦娥笑著說：「天仙美容院很近，你不用擔心，而且天仙做起美容巧心巧手，很快就叫你滿意。」

「再近再快也不行啊！夫人一直盯著我，而且她很兇，又狠又壞！」

「阿月，告訴你，天仙美容院不在別的地方，就在你的心裡，因為一顆美麗的心，就是一座奇妙的美容院，巧心巧手的美容師就是你自己啊！」

回到家的阿月，覺得自己的心快樂了許多，看見夫人再也不像從前那樣惶恐、厭惡，不由得露出會心的微笑，夫人嚴肅的面孔，也忽然透露著幾分和藹。

「阿月，你好像不一樣了！」

「沒有啊！怎麼會不一樣？」

「還不快照照鏡子去！」

阿月半信半疑，快步跑進房裡，面對鏡子，這一看，不禁「啊！」的驚叫了起來，果然醜八怪不見了，映在鏡子裡的是花容月貌的阿月啊！

從此阿月和夫人都變了，變得知道怎樣愛美，也告訴愛美的人，從「心」整容，做到真正的美。

天上的月亮靜靜的看著這一切，每當阿月和夫人望著她的時候，總是彼此悄悄會心一笑。

——原載二〇〇五年十月十二、十三日《國語日報》

月仙美容院

Part.05

李步直的
月下良緣

是上弦月瞇著眼看著大地的那個晚上，李步直遇見了玉枝，他們倆並不是不認識，只是沒機會這樣面對面說話。

這村子誰不知道李步直，就像他的名字一樣，是一路走來，每一步都完全正直的青年，可是腳踏實地的他，卻連續遭遇很多不幸。幼小的時候父母雙亡，由爺爺奶奶帶大，十幾歲了，賴以維持生計的爺爺突然患了怪病，耗盡了家產也一命歸天了。

李步直只好離鄉背井去當礦工，可是擔心年邁的奶奶，又回鄉做散工度日，可是不久奶奶也因病去世了。就因為他孤苦伶仃，貧窮潦倒，人家就戲謔的稱呼他是：「理不直」了。

孤獨的理不直，在上弦月下遇見的女孩是張員外的女兒，員外沒有兒子，卻有三個漂亮的女兒，長女、次女都照員外的願望嫁為豪門媳婦。只有三女玉枝始終不肯答應父親為她安排的婚姻。

有一天，員外自以為找到了門當戶對，而且又是才子的對象，把玉枝叫過來懇切的勸說了一番，想不到女兒卻反過來說著道理：「爸爸！我很感激您為我擔心，可是

一個人的命運，除了由天注定外，也要靠自己的努力，今日的富翁不一定就是明日的富翁，今日的窮人也不一定永遠是窮人，婚姻的對象應該找個有志氣的青年，不一定要看他的門宅啊！」

員外聽了，再也按捺不住怒氣，就說：「好！把你嫁給窮光蛋，看你怎樣有志氣！」從那一天起，員外再也不把玉枝當女兒看待，態度一變當奴婢使喚，挑水、煮飯、洗衣、掃地樣樣得操作。

李步直遇見玉枝，就是玉枝到屋外的水井打水，從此步直天天在月光下幫玉枝，日子悄悄的過去，沒人知道只有月亮看見。有一次他們談起彼此的願望，玉枝說：「我最想買下姐夫們的田產，因為他們都是紈袴子弟，終有一日坐吃山空，不如買起來算是暫時替他們保管。」

步直聽了笑說：「玉枝啊！你好會作夢！」

至於步直的願望呢？他說：「我最想買下屋後的山坡。」

玉枝聽了哈哈笑著說：「那狗不拉屎的荒山，只要我一對耳環就可以換來了！」

步直堅定的說：「玉枝，有一天你幫我買山坡，我

幫你買田地。」

於是兩人在月光下勾了勾手指。

怒氣難消的員外不再找門當戶對，打聽之下知道村子裡最窮的是人人稱之為「理不直」的李步直，於是二話不說，草草的就把玉枝嫁給了步直。

有情人成眷屬的洞房花燭夜，沒有賀客，沒有筵席，只有平常服裝的新婚夫妻，在茅屋簷下，親密的望著皎潔的滿月。

「步直，你為什麼要買下荒瘠的山坡？」

「說起來不是買，因為那是我爺爺名下的土地，只是官衙的人說辦繼承要費用要補稅，跟新買的一樣。」

「我的耳環夠不夠？」

「千金小姐的耳環怎會不夠！」

「那就拿去吧！不過我還是不懂你為什麼那麼在意山坡地？」

步直鄭重的說：「那是一座寶山！」

「什麼寶？」

「黑金！我曾經是礦工，再清楚不過了！等繼承辦好，找我從前的礦主來開發，他是個又忠厚又有眼光的企

業家。」

「不過先不要聲張。」

步直從前的老闆很欣賞步直勤奮忠實，合作的事很快拍板定案，步直也接受了一筆周轉金。

不久員外做六十大壽，步直夫妻回娘家祝壽，衣著仍然是那麼的樸素。豪華的宅第正聚集著姐姐夫妻，還有眾多官員紳士，這樣的場面步直夫妻的穿著，就成為大家嘲笑的話題了。

盛大的酒宴開始，步直夫婦和姐姐們同桌，酒過三巡，大家的話題轉到誇耀財富了。

「最近我都懶得探看佃農了，因為田地實在太多了。」

「唉！我還不是一樣，田地多了可真煩呀！我想乾脆賣掉一半！」

兩個姐夫口口聲聲埋怨田地太多，其實還不是驕傲成性，然而員外卻聽得樂不可支。

就在這時候步直說話了，他說：「我跟二位姐夫相反，正想買田買地呢！」

滿座的賓客聽了，不由得個個捧腹大笑，以為這窮

小子發瘋了。

「喔！你想買田買地，我賣你一半，看在連襟份上半價賣了！」

「我也跟進！」

兩個姐夫大開玩笑，戲弄李步直，可是步直卻正經的說：「你們當真要賣？」

「當然真的！就看你買得起買不起！」

「岳父大人在此，就請他老人家當證人。」

於是契約、捺印，手續完備，大家鬧酒取樂，說話更是似真似假，輕鬆無比，都以為李步直被耍著玩。想不到步直不慌不忙，從懷中取出一張張的銀票說：「我們當著大家的面銀貨兩訖，以免日後反悔。」

就像玉枝所猜測的，兩位姐夫都因揮霍過度，那一半的家產不久都變賣一空，幸虧玉枝姐妹情深，建議步直還了田地，讓重新做人的姐夫不至於一仆不起。步直呢，有月亮見證，當然也快樂的把暫時保管的土地歸還連襟。

——原載二〇〇五年十月十九、二十日《國語日報》

Part.06

鳳嬌的夢囈

月亮散發柔和的銀光，照著村莊，照著花園別墅的豪宅，照著那矮小的茅草屋，也照著山岳、田地，還有夜裡的蟋蟀和小飛蛾。

月亮不知道茅屋的窮漢為什麼盲了？也不知道瘦弱的夫人為什麼常常哭泣？是窮嗎？也許是！不過月亮更不知道為什麼豪宅裡的有錢太太，也常常哭泣、嘆息！

豪宅的主人是生意興隆的染坊大老闆李英，勤奮忠厚，樂善好施。老闆娘鳳嬌幫助丈夫經商十分賢慧，事業一天天發展，應該很快樂，可是他們結婚好多年了，一直沒有生育，雖然他們常常去求註生娘娘，不過都沒有結果。

月亮終於知道了，他們是「求不得苦」啊！至於為什麼不會生兒育女？月亮就得問問註生娘娘了。

註生娘娘說：「唉！他們是不誠實惹的禍啊！禍根不除，我也幫不上什麼忙啊！」

月亮很詫異，那麼老實的夫妻，哪兒不誠實？再問，註生娘娘卻不說了。月亮只好趁著夜晚，用光譜架設的「針孔攝影機」悄悄的探查李英夫婦的情況。

月亮終於看見了，也聽見了，鳳嬌總是在熟睡時說

夢話：「對不起！對不起！都是我一時貪心……」睡夢中的鳳嬌停了一會兒，又囈語連篇：「是我想幫助丈夫創立事業，才會財迷心竅，唉！我錯了！我始終受良心苛責，可是到了現在，叫我怎麼做才好呢？我心裡好苦喔！是我害得人家一輩子潦倒的啊！」

鳳嬌斷斷續續的夢囈，使月亮知道了事情的大概情形了，可是整個狀況呢？月亮還是疑雲重重。

「對了！何不探查一下茅屋裡的貧家夫妻呢！或許跟他們有關。」

於是月亮的光譜又照到茅屋裡去，那窮漢雖然盲目，卻面貌端正，衣著整潔，他嘆著氣說：「玉蘭啊！辛苦你了，如果不是我不小心丟了錢包，而那撿到錢包的姑娘又不說誠實話，我們也不會這樣窮困啊！」

「志豪，不要再說了，你的眼睛都是哭瞎了的，只要不哭就會逐漸恢復視力的啊！等眼睛好了，再準備考試也不遲啊！」

說話的婦人清秀聰慧的模樣，只是太勞苦了吧，瘦弱而疲憊的樣子。

月亮聽到這兒，已經知道是怎麼一回事了，她知道

李英夫妻還會到廟裡去，因此就找註生娘娘商量解決的辦法。

　　不久李英和鳳嬌夫妻果然上廟向註生娘娘求了一支籤，籤文是：

求子心切情可原　　嬌妻夢囈露神機
前債清還心安詳　　胎懷麟兒闔家歡

　　李英夫妻捧著神籤又歡喜又詫異，李英就問：「鳳嬌啊！你夢中囈語說些什麼？」

　　「我……我……」鳳嬌哪裡知道自己的夢囈是說了什麼呢！可是她心裡明白，自己始終掛慮不安而惶恐終日的事，可能變成夢囈透露了出來。因此就向丈夫

誠實的說：「事到如今，我也只能照實說出來了，你記得我們結婚當初，我不是給了你一筆錢創業嗎？我說是嫁妝，其實是有一天在路上撿的，那時有個書生慌慌張張跑來找，我一時貪念，趕緊藏在懷中，騙他說我沒看見更沒撿到什麼，書生哭喪著臉走了。」

李英聽了，趕緊拉著太太的手說：「我們這就到河邊的茅屋去，看看那窮苦人家去，或許就是他，你應該還記得他的面貌吧！」

鳳嬌見了書生，依稀記得，話說開來更證實了一切。

書生志豪和夫人玉蘭感到十分驚奇，玉蘭說：「當時志豪就是趕著上京考試的，錢包丟了，旅費沒有了，上不了路。我是他未婚妻，只好跟著他受苦，想不到志豪太傷心，哭瞎了眼睛，以為一切前途都斷送了！」

李英夫妻再三向志豪和玉蘭說對不起，願拿出十倍的錢歸還失主，懇切的請求寬恕。

書生夫婦喜出望外，志豪的眼睛治療後很快恢復視力，他加倍努力讀書，第二年如願考中舉人，當了官，是位好官。而李英夫婦呢？前債清還心安詳，鳳嬌不再夢囈

連連，夜夜睡得安穩、日日過得快樂，不久就傳出懷了孕的好消息。

　　註生娘娘很滿意這樣的結果，對月亮說：「我一直想幫鳳嬌啊！只是她自己犯的錯，需要自己解救啊！現在一切都圓滿了。」

　　月亮說：「是的！只要能夠痛改前非，一心向善，天上飄的雲，也會隨心變換顏色，地上吹的風，也會隨心變成美妙的天樂呢！」

──原載二○○五年十月二十六日《國語日報》

Part.07

海神娶親

月亮用她皎潔明亮的光，照著大地，安慰過，也幫助過許許多多的朋友，更照亮了許許多多頹廢的心，她的親切熱心是人人稱讚的。可是這回海神要她幫著娶親的事，卻使她十分為難。

　　那時候，靠海的地方有個淳樸安祥捕魚維生的部落，這裡有個人家的女兒名叫蕾亞曼姍，是個人見人愛，聰明伶俐的美少女。當她到海岸迎接爸爸和哥哥從海上回來的時候，被隱身巡視海域的海神看見，驚嘆著說：「誰家的女孩啊？美如天仙，我一定要娶她為妻，終身疼愛她！」

　　海神迫不及待，那天晚上就央請月亮當媒婆，向少女的父母提親。可是月亮知道曼姍的爸爸媽媽，怎捨得女兒遠嫁大海呢！因此就委婉的拒絕了。

　　可是海神不死心，派遣他最親信的使者普夏卡斯登陸，攜帶著深海魚類提供的發光劑到部落來。那時蕾亞曼姍正獨自在井邊打水，普夏卡斯認為機會不可失，迅速的掏出發光劑，出其不意，灑在曼姍身上，然後說：「我是奉海神的命令來告訴你好消息，就是五天之後海神會親自來娶你做新娘，所以請你先做好出嫁的準備。」普夏卡斯

說罷，突然消失不見了。

　　曼姍很害怕，不知如何是好，趕緊奔跑回家把事情告訴爸媽，一時全家人都陷入傷心和恐懼中。最傷心的是媽媽了，她嚎啕大哭一陣，在悲傷中忽然心生一計，她說：「我們把曼姍藏起來不要給海神找到。」

　　「藏在哪兒？」全家人都同意把曼姍藏起來，可是怎麼藏呢？

　　「做個可以透氣的木箱吧！」哥哥終於提出了具體意見。

　　一家人總動員，砍樹、劈木柴、釘箱子，做好了特大號大木箱，密密的、厚厚的，只有一點兒縫隙可以透氣。

　　可是躲進大木箱的曼姍，還是從小小的縫隙散發出亮亮的光芒，而且是特別的強光。爸媽和哥哥只好一層又一層的把木箱加厚，用完所有木柴，連床板也都拆下來使用，但還是遮不住光芒。

　　五日的期限快到了，爸

媽很緊張，手足無措全身發抖。這時哥哥又提議說：「挖個地洞，把曼姍藏著！」

可是曼姍的光還是露出洞外，最後的時刻到了，全家人只好站在洞口嚴密的站崗護衛。月亮也擔心的幫著守護，把月光照得更明亮，看能不能將曼姍的光掩蓋過去，可是曼姍的光是深海魚類的光，可以透過千尋海水，月光怎麼也掩不住它呀！

第五天了，直到傍晚還是一點兒動靜都沒有，全家人都累得注意力渙散了，太陽剛沉入西山，周遭逐漸黯淡，就在這時候，突然烏雲密佈，狂風捲起，樹葉沙沙的響，樹枝猛烈的搖晃，接著從海洋遠處傳來轟隆轟隆的呼嘯，那是可怕的海嘯啊！

爸爸媽媽眼看巨浪無情的襲來，趕緊打開地洞呼喚曼姍，可是洞裡已是海水滿溢，哥哥一時心急，牽著爸爸媽媽，呼喚著一家人惶恐的衝向山上去。等定下神，回頭再看，滔滔大浪已經掩沒了整個部落。幸好一家人都已到達山頂，只是蕾亞曼姍不見了！

不一會兒，從逐漸退去的浪濤中，看見曼姍站在白白浪花上，身披發亮的婚紗，不住的向家人揮手。

「爸爸！媽媽！哥哥！再見了！不要傷心，以後看見天空的閃光，那就是我在舂米，隆隆的聲音就是我的杵歌。」

蕾亞曼姍說罷，轉身對擁抱著她的海神說：「我這就跟著你走了，不過請你把魚群趕向這一帶的海域吧！」

海神說：「我可愛的新娘，請你放心，你的親人就是我的親人，我願盡心盡力照顧他們，永遠永遠的！」

月亮每次聽到雷聲，都跟蕾亞曼姍的家人一樣，會想到曼姍站在滔滔白浪上，逐漸遠去的景象，曼姍成為海后了，她的心中永遠惦念著家人和族人吧！她永遠永遠的使靠海維生的族人，感激漁場的豐饒，慶祝捕魚的豐收。

月亮照著大地，也照著海洋，月亮沒幫海神娶親，海神一樣喜歡月亮，因為他知道月亮體諒人們的「愛別離苦——親愛的人別離了，是多麼的難過啊！」也因此總是日日夜夜坦開心胸，接受月光，反映月光，迎接所有出海的船隻。同時海神也無私的，虔誠的，要求風爺平心靜氣的對待勤奮的漁人。

——原載二〇〇五年十一月二日《國語日報》

海神娶親

Part.08

山谷的歌聲

月亮記得很清楚，那時候台北市沒有一〇一，沒有大安森林公園，甚至沒有總統府，也沒有多少房屋，有的是水天一色的台北湖，湖畔是凱達格蘭族的部落。

　　那部落裡有對兄弟，哥哥叫阿羅，弟弟叫高留。有一天他們到山溪的上游打獵，走呀走的溪谷愈來愈美，水聲潺潺，鳥鳴啁啾，涼風習習。

　　「哥哥，我們好像沒來過這兒！」

　　「是啊！又陌生又神祕，探險看看吧！」

　　當兄弟倆一步一步向前時，隱隱約約的從霧氣瀰漫，雲深不知處，傳來婉約的歌聲。

　　「是誰在唱歌？」

　　「一定是很美的少女！」

　　兄弟倆又好奇又嚮往，腳步不知不覺加快了，穿過陰涼的林間，踩過嶙峋的岩石，渡過湛藍的溪水，終於到達歌聲的地方了，可是環顧四周，怎麼也看不見人影。

　　「怎麼一回事？」兄弟倆四處尋找，終於確定歌聲是從一棵很老很壯的九芎樹裡飄出來的。兄弟倆對著樹，合聲唱起美妙的二重唱、三部合唱，那歌聲迴旋在山谷裡，讓所有的樹木花草都聽得陶醉，鳥兒也跟著啁啾啼鳴。

唱了一會兒，兄弟倆想面見樹裡的歌手，就一聲聲喊叫：「喂！歌聲美好的姑娘，出來吧！不用再躲了，我們是凱達格蘭的青年，誠實又善良，請你不要害怕！」

樹裡的姑娘不再唱歌了，卻學起鸚鵡跟著說：「喂！歌聲美妙的姑娘出來吧！我們是……」

兄弟倆說什麼，樹裡的姑娘也說什麼，兄弟倆不耐煩了，高留性急的說：「樹裡的姑娘，我們兄弟真的很想見你，我等不下去了，就是砍倒這棵樹，也要請你出來！」

這回樹裡的聲音不再是鸚鵡學說話了，她說：「我是一直待在樹裡的，所以很怕光更怕風，叫我怎麼出去呢！」

「那我們要怎樣才能見到你？」

「請在滿月的、晴朗的夜晚來吧！我會走出去跟你們一起高歌歡唱，可是你們得好好記得喔！記得給我帶衣服來。」

回程時，兄弟倆一路留下記號，到了滿月的晚上，又照著原路尋找山谷裡的大九芎去。歌聲仍然美妙，果然從樹洞裡有個少女悄悄的探出頭，是很白的少女，或許在

樹裡待太久吧！真的很白。

少女問：「我的衣服呢？」

阿羅把帶來的女裝交給了少女，不一會兒少女就穿著整齊的走了出來。高留詫異的問：「你為什麼藏在樹裡？」

「是去年的這個時候吧！一樣的月光，一樣的明亮，我們天女七姐妹披著羽衣飛下來溪裡戲水，當我們想飛回去時，我的羽衣不見了，是被偷窺我們戲水的壞人偷了的，我嚇得躲藏在樹裡直到現在。」

阿羅問：「那你打算怎樣呢？」

「在這裡唱歌。」

「不回天上去了嗎？」

「本來姐姐們帶著新的羽衣要來接我回去，可是我發現在這裡唱歌很快樂，不是嗎！我唱得花更美，樹更青翠，溪水更清澈，天空更湛藍，尤其是鳥兒們的歌更婉轉，蟲兒們的琴音更巧妙了，啊！我把天上的音樂帶到地上來了，我相信終有一天，會有心地善良的人來跟我合唱，我等到了！」

兄弟倆高興極了，阿羅說：「這樣，天上、人間都

充滿美妙的歌聲了！」

「是叫人從心裡高興的音樂啊！」高留附和著說。

於是山谷裡響起了一曲曲美麗的大合唱，是天女和兄弟倆帶著山裡的鳥獸、昆蟲、花草樹木，還有溪水、風聲，一起演唱的歌。天上的月亮和閃爍的星星是最幸福的聽眾，月亮聽得滿臉笑容，星星聽得眨呀眨眼。

有一天，天女傷心的說：「我不能不回天上去了！今晚是我們歡唱的最後一晚，只因我們姐妹情深，她們怎捨得把最小的妹妹永遠留在人間呢！況且她們已經發覺這裡的一切都學會了我的歌，以後地上有的就是『天籟』了。」

「唉！你走了，我們好寂寞喔！」

「我也捨不得，可是『天籟』留下了，我也應該走了！」

月亮記得很清楚，那時候「天籟」充滿人間，尤其是台北湖四邊的山，連湖上也琴聲、歌聲共鳴，可是現在凱達格蘭大道上，卻汽車奔馳，噪音充斥，廢氣滿天。月亮想著：「阿羅、高留兄弟不知在哪裡？他們會不會傷心？」

——原載二〇〇五年十一月九日《國語日報》

Part.09

劍潭的水怪

「劍潭」這地名，連帶著許多不一樣的傳說，當中有一個故事很美，很神祕，可惜只留在月亮的記憶裡，直到現在她才說了出來。

劍潭在基隆河下游，隔著河，一邊是台北盆地，一邊是紗帽山下的凱達格蘭族毛少翁社。社裡有個美麗的少女——曼秀，她喜歡在月夜徜徉月影婆娑，月光隱約的樹林，唱著婉約的歌。

有一天，她的歌聲引來了頭目的兒子——邦彥，於是兩人就在月亮瀉下的銀光裡對唱美妙動人的情歌。從此只要有月亮就有情侶的倩影。月亮、星星、山河、鳥蟲、樹林，都祝福著他們，有時陪著他們在風中起舞，有時跟他們合唱嘹亮的凱達格蘭歌曲。

可是好景不常，有一天，毛少翁社受到外敵的侵襲，敵人有銳利的劍，更有驚人的長槍。頭目帶領的勇士們死傷慘重，最後連邦彥的少年隊也得出征了。

就在一對情侶訣別的月夜，邦彥告訴曼秀要保

重，好好等他凱旋歸來。曼秀也告訴邦彥勇敢保衛鄉土，如果萬一不幸為鄉里捐軀，她也不想獨自活著，一定變成厲鬼跟敵人拚。

或許是曼秀的話有點兒不吉利吧，邦彥竟然在衝鋒陷陣，跟敵軍肉搏時陣亡了。消息傳來，整個社裡都陷入重重的悲傷，有人哭，有人發誓報仇，有人忍不住衝向前方。

曼秀的淚流乾了，紅腫著雙眼大喊：「可惡的敵人！我不能成為戰神，也要成為厲鬼為邦彥報仇！」

從此河潭裡就有了水怪出現，是一隻巨大的鰻魚，神出鬼沒，興風作浪。任何敵人襲擊毛少翁社，都很難渡河，因為船到了河心，水怪就激起波浪叫他船翻人亡。

就在公元一六六一年的夏天，國姓爺鄭成功趕走荷蘭人，從台南一步步往北部開發，首先帶領軍隊探查各地情況。當他到達台北圓山附近的河畔，士兵們都很疲憊，又很口渴，鄭成功看那河潭一帶樹木蒼鬱涼爽，就下令紮營休息。

到了夜半，明月高掛天空，鄭成功的部將巡邏營地，來到潭邊，忽然發現潭中浮現怪物。

「是魚？還是人？」將軍握緊佩劍凝視。

那不是別的，就是曼秀投水自盡，陰魂不散，就像她所發誓的，變成了鬼鰻魚，守護著河潭啊！

將軍眼看潭中怪物，一會兒沉，一會兒浮，激起洶湧波浪，心中覺得一陣陣寒慄。至於曼秀變成的水怪呢？看見將軍十分威武，知道不可輕易侵犯，沉入潭底暫時不再出現。將軍以為沒事了，繼續他的

巡邏，當他來到另一座營房邊，卻發現站崗的士兵，竟然倒臥在血泊中奄奄一息。將軍感覺事態嚴重，立即報告主帥鄭成功。

第二天清晨，鄭軍看見對岸毛少翁社的凱達格蘭戰士，個個高舉長矛大聲吶喊：「殺！殺！殺退侵略我們的敵人，有曼秀神鰻阻擋敵軍，我們一定勝利！一定勝利！」吶喊一陣後，果然看見從潭心浮起了奇異的水怪，

同時風聲呼呼，波浪滔滔，搭上船準備渡河攻擊的鄭軍，在激烈搖晃中都紛紛跌落水中。

對岸又是一陣歡呼：「曼秀！曼秀！把敵人淹沒！保衛鄉土！」

鄭成功眼看情勢危急，立即拔出腰間寶劍，大喝一聲：「妖物，看劍！」

曼秀變成的水怪躲藏不及，一緊張竟然張開大嘴，把劍吞了下去。可是寶劍很長，哽在喉頭吞也不是，吐也不是，受了傷的水怪只好沉入潭底，躲在岩石洞裡養傷。

毛少翁社的凱達格蘭人，看見鄭成功閃亮的寶劍刺進了鰻魚的大嘴，知道大勢已去，而且又聽見對岸傳來喊聲：「凱達格蘭的朋友！不要害怕，這回來的並不是壞人，而是來跟大家一起開疆闢土的英雄，國姓爺鄭成功啊！」

頭目一聽不再是紅毛強盜，而是國姓爺，也就答應和談了。

吞了寶劍的大鰻魚呢？每當滿月的夜晚，就爬出岩洞浮在水面，望著月亮說：「藉著你無比的引力，幫幫我拔出劍好嗎？」一年又一年的過去，那閃亮的寶劍仍然卡

在曼秀喉嚨。而夜間划船過河的人，偶爾也會驚奇的看見散發著紅光的寶劍穿梭潭中。後來不知怎地，有人說只要用草灰捻成的繩子，就可以把劍釣上來，很多人試過都沒有成功。

現在怪鰻魚不見了，寶劍也不見了，只在月亮記憶深處留下淒美的故事，讓望著月亮，能夠從月光中讀出故事的人懷念。

——原載二○○五年十一月十六日《國語日報》

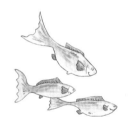

★ 劍潭的水怪 ★

Part.10

王子和公主的大鳥朋友

發生在這大地上的事情，月亮什麼都知道，也都悄悄的留在記憶裡。

　　十七世紀中葉，發生在台灣北部，現在的鶯歌、三峽那轟轟烈烈的戰爭愛情故事，她想忘也忘不了。

　　那是大漢溪豐沛的流水滋潤的平原和山林，也是凱達格蘭人的獵場和遊耕的田園。河流的東岸是雷朗社的土地，西岸是龜崙社的土地，本來地界分明，兩個兄弟社相安無事，可是他們在追捕水鹿時，往往追過了河，捕魚時也會不知不覺中撈過了河心。於是紛爭經常發生，有時隔河叫罵，有時衝過河打起架來。

　　雷朗社的公主玉葉姑娘，愛好和平，不喜歡兩個本來是兄弟的部落變成敵人。她有一隻大鳥朋友，是翅膀張開來跨過山谷的鳶鳥，牠的名字叫做厲翼。公主常常騎著厲翼，飛翔在大漢溪上空，悄悄的觀察兩個社的人互動的情形，如果發現有爭執的情況，立即回來報告酋長爸爸，設法處理，避免變成暴力事件。

龜崙社
這邊酋長的兒
子達克，是個英
勇聰明的少年，他也
有一隻大鷲哥朋友，
也常常騎著牠翱翔天
空，巡視部落的土地。

玉葉和達克都在無意中，偶然發現了對方。當厲翼
第一次看見了鷲哥時，護主心切吧！立即採取攻擊姿勢，
高舉利爪撲了過去，可是玉葉發現鷲哥背上坐的是個英俊
的少年，緊急勒住厲翼，於是兩個人就駕馭著自己的鳥，
悠然盤旋空中，互相交談了起來。

「雷朗、龜崙是凱達格蘭兄弟之邦，厲翼是好鳥，幫
我巡邏雷朗的土地。」

「我的鷲哥也是好鳥，除了巡邏外，現在牠又多了一
份工作了！」

「多了什麼工作？」

「載我來跟美麗的雷朗公主相會！」

「你！想不到龜崙的王子只會開玩笑，我不跟你玩

了！」

「我的公主，請不要生氣！我相信你會來，因為巡視兩岸維持和平就是你的任務，為了任務，你一定會出來，你一出來我就追著來！」

「好了！算你嘴巴厲害！」

從此，兩個兄弟之邦，就由一個王子，一個公主，在藍天白雲間，乘坐彼此的大鳥，盤旋飛翔中相互歡談，不斷的增進了友誼。

可是有一天，達克在翱翔空中時，突然發現一群又一群的軍隊，從南方湧向龜崙社和雷朗社這邊來。他趕緊飛回社裡告訴酋長父親，緊急召集社裡的勇士備戰。一方面也立刻騎著大鳥，把消息通知雷朗公主玉葉。

於是兩社的勇士就聯合起來抗敵，可是這次襲擊而來的敵軍多得不得了，他們是鼎鼎有名的國姓爺鄭成功的部隊啊！當他們逼近龜崙社之前，暫時歇在附近的草原，兵士們紛紛脫下草鞋除掉鞋上的泥土，那泥土堆積如山，竟然成了一座山，就是現在鶯歌鎮南端的「尖山」啊！

縱使大軍壓境，情勢危急，但凱達格蘭人維護土地的勇氣不變，他們靠著對地形的熟悉，展開了神出鬼沒的

游擊戰。玉葉常常騎著厲翼，在夜深人靜時偷襲國姓爺的哨兵和巡邏隊。達克更是夜襲的高手，而大鳥也會用嘴喙啄死兵士，或叼著飛走。

鄭成功發現龜崙社有怪鳥，雷朗社有魔鳶，趕緊在這兩地佈置大砲，他不愧是名將，仔細觀察，了解鶯哥怪鳥身藏山腰叢林，雖不易發覺，但已掌握行蹤。至於魔鳶，雖然停在高聳的山頂，兵士是無法接近的，但超大型的巨砲已運來了，只要魔鳶歸巢，一定逃不過砲火。

果然當達克騎著鶯哥回來時，一陣轟隆砲聲，大鳥被擊中下顎，頭骨碎裂，而勇敢的戰士達克也身受重傷。鶯哥在奄奄一息的瞬間說：「我的小王子，我敬愛的勇士啊！我再也不能效勞你，載著你衝鋒陷陣，載著你會見美麗的雷朗公主了，不過我看見她正在愛鳥身邊啊！讓我再拍動一次翅膀，把你的叮嚀傳給公主吧！」

在山頂上緊緊地抱住厲翼的玉葉，在一陣砲聲之後，忽然聽見從對岸的山麓傳來王子熟悉的聲音：「玉葉，我知道你跟厲翼形影不離，我們都盡了力，可是大勢已去，無可奈何，但願我們跟我們的愛鳥，都變成不朽的岩石，表達我們守護土地的堅定的心！」

轟隆！轟隆！厲翼想再載著公主衝向天，可是已經來不及了，勇猛的牠頭部中彈，翅膀折斷，全身癱瘓。

　　鶯哥和王子，厲翼和公主都斷氣了，僵硬了，變成石頭了，是不爛的堅硬的岩石，永遠矗立在龜崙山的南麓和鳶山北端的山頂，情意脈脈的互相凝視著，也帶著幾分怨恨瞪著南邊的尖山。

　　幾百年了，月亮灑下柔和的銀光，輕輕的愛撫著鶯哥石和鳶山石，還有王子和公主化成的岩石，她忘也忘不了那銘刻在心的往事。

——原載二〇〇五年十一月二十三、二十四日《國語日報》

Part.11

虎大叔和貓小弟

虎大叔是虎姑婆的表親，虎姑婆雖然凶狠狡猾，還是被聰明的小女孩給燙死在樹下了。

虎大叔呢？遺傳高慢、殘忍、無情的基因，下場也好不到哪兒去，竟然給貓小弟給耍了，貓小弟這一招，不但沒被人責備，還得到不少掌聲呢！為什麼？聽聽月姑娘說。

虎大叔喜歡夜裡出來狩獵，照理說他應該喜歡月亮把銀光灑在山林，灑在草原，灑在他身上才對，其實他很討厭月光，處處躲著月光，行止總是鬼鬼祟祟，不聲不響穿梭在陰暗的樹叢，像魔鬼似的。不過虎大叔的狩獵是一流的，怪不得貓小弟一直都是他忠實的粉絲，只要虎大叔一出現，貓小弟就如影隨形，亦步亦趨跟著走。

這小粉絲本來很單純，每當虎大叔要採取行動狩獵，總是遠遠的欣賞，興奮的嘆息讚美，等到虎大叔吃飽了，才慢慢兒的走過去，舔舔滴在地上的血跡，還有散落四處的碎碎的細細的肉屑。

本來貓小弟這樣已經心滿意足，可是他隨著成長，食量也增加，那肉屑血絲怎能填飽肚子呢！因此有一次貓小弟就衝著虎大叔在虎吞狼嚥的當兒，勇敢上前要求：

「請可憐可憐小弟，分一
　　點兒肉給我嚐嚐好不
　　好？」

　　虎大叔頭也不抬，
只顧吃他的，貓小弟不
死心一再要求，虎大叔
生氣了，大吼一聲說：
「囉唆什麼！沒本事的
餓死算了！」

　　貓小弟傷心極了，那天晚上已經沒心情跟在虎大叔
屁股後面了，例外的獨自蹲在岩石上，望著明月喵喵嘆
氣。

　　「大叔，你怎麼可以這樣對待你的粉絲呢！月亮姐姐
你說是不是？」

　　月亮說：「什麼粉絲？跟屁精啦！虎大叔罵得對！」

　　貓小弟是向月亮討同情的，想不到美麗的月亮也這
樣無情，害得貓小弟哭得更傷心。

　　可是月亮卻笑了，笑著說：「哭吧！哭到你自己懂
得怎樣做。」

「怎樣做？」貓小弟不住的想著。「呀！知道了！不當跟屁精，來個模仿秀！」

從此貓小弟告訴自己：「一隻貓要活得有尊嚴，不能叫別人同情，是要自己有本事！跟吧！但不是傻傻的跟屁精，而是學徒，暗中觀察，學好本領。」

過了一段認真的觀察學習，有一天貓小弟興奮的叫了起來：「嗨！我懂了！虎大叔的訣竅就在『展虎威』！張牙舞爪、豎毛大吼！把獵物嚇得手腳發軟，全身癱瘓。」從此貓小弟就背著虎大叔偷偷的煉丹田、練豎毛功、練吼叫、練張牙舞爪。當「虎威」運用自如後，貓小弟果然每次都能稱心如意的獵到本來嘲笑他笨手笨腳的鼠類了。

有一天，虎大叔老了，動作遲緩了，打獵時來不及展虎威，獵物已經逃之夭夭。衰老的虎大叔餓扁了肚子，只好找年輕的老虎留下的肉屑、血滴充飢，可是他一生吃的都是大塊鮮肉，怎懂得用舌頭舔食呢！於是他想起了從前的小可憐，那總是跟在他後面的小粉絲。

「我該回過頭來向小可憐學習了，要是不會舔食，我這大可憐只有餓死一條路了，可是好久了，好久了，怎麼

都沒看見那小可憐呢？或許因為從前我對他太無情，所以離開我遠遠的了。」

虎大叔千辛萬苦，總算找到了正在樹蔭下瞇著眼，編織美夢的貓小弟。

「小兄弟！可憐可憐我吧！教我舔食肉屑和血滴的方法好嗎？免得我餓死了，壞了我們貓科動物的名聲。」

「不！你一點兒都不可憐，何況貓科動物的名聲由我來維護就夠了。」

「小兄弟，就看在同是貓族一類，而且從前你還是我的粉絲，我是你的大叔，沒給我肉塊，也留下肉屑、血跡……」老虎詭計多端，說著說著悄悄兒靠近貓小弟，然後展現他的虎威，可是疏疏落落的毛，豎不起來了，掉光的牙齒，磨損的爪，沙啞的喉嚨，再也不威武了。反而是貓小弟迅速的站立，虎威一展，嚇得虎大叔後退好幾步。

「咦？你什麼時候偷學了我的絕招？」

「不是偷學，是勤練！」

「好奸詐！看我怎樣收拾你！」老虎氣壞了，忘了自己衰老，空有虛弱的身軀。使出全力撲向貓小弟，卻左搖右晃。

貓小弟不願惹事，靈巧的一躍，跳上高高的樹梢，在那兒喵喵！喵喵的嘲笑爬不上樹，只有乾著急的虎大叔。

「你這小傢伙！竟然還有爬樹的本事！我真是小看了你。」

「虎大叔後悔了嗎？驕傲又自私的後果不好受吧！」

貓兒在高高的樹上，望著月亮，怡然自得。虎大叔呢？只有哀嘆的分了。

——原載二〇〇四年十一月二十三、二十六日《國語時報》

Part.12

貓神和
鯉魚精

東台灣有個風光明媚的好地方，到了這兒就像置身仙境，令人流連忘返。這裡有彼此對峙的兩座山，就是鯉魚山和貓山，它們流傳著很奇異的故事。

很久很久以前，這裡有一個美麗的村莊，靠山濱海，村人守望相助，一片祥和，日出而作，日入而息，有時也下海捕魚，年年豐收幸福自在。可是有一天，人們突然發現從山谷裡的溪潭那兒，照過來奇異的光，是朝著村莊直直的照射的。

「多燦爛的彩光啊！」

「到底是吉祥？還是凶險的兆頭？」

「希望是好彩頭！」

「一定是好預兆！那強光分別從雙眼珠放射，表示雙雙對對，圓圓滿滿啊！」

真的！細看，果真是一對巨大的，圓滾滾的眼睛，朝這邊注視著。多奇怪的現象！可是時間久了，村人也就見怪不怪了，何況大家都認為那是好兆頭，沒什麼好擔心的。

不過幾個月過去，奇異的事情出現了，那就是村子裡的婦女個個大腹便便，成為孕婦，產期一到，個個都生

下可愛的女娃娃，而且都是雙胞胎，一下子獲得雙千金、雙姝麗，怎不闔家歡慶呢！可是家家戶戶都女孩一堆，大家又開始發愁了！

「這樣下去我們村子不就變成了女兒國！」

「是啊！以後誰去打獵？誰出海捕魚？」

「還有人口暴增，糧食都成問題呢！」

「一定是溪潭的那雙眼睛，射出的亮光惹的禍！」

「那我們得設法消除它才好啊！」

從此，消滅雙眼亮光，成為村民們的重責大任，不久他們發現那是一隻大鯉魚的雙眼。

「千年魚精成了妖啊！」

誰都不知道她是怎麼來的？只有月亮知道，因為這妖精從前是月宮的女管家，跟男管家為了爭權奪利，形成對立，終於演變成女的一個團隊，男的一個團隊，彼此從鬥嘴到動手，月宮無一

日安寧。

月宮主子嫦娥看不過去，就把女管家驅逐到地上的溪潭去，成為一隻鯉魚。男管家呢，也被趕走，到地上變成一座動不了的山。

女管家變成的鯉魚，經過千年修煉，竟然成了魚精，她一心一意想建立一個「女兒國」。這東台灣的村莊被她相中了，就用她的魔眼發出亮光，只要被照射的婦人，都要懷孕雙胞胎女嬰啊！

村民們熱烈的討論怎樣才能討伐魚精？

有位長老說：「傳說中我們村莊的後山，那狀似黃貓的山，就是貓神呢！」

「對！請貓神對付鯉魚精！」

「貓神怎樣才請得動？」

「祈求月宮主人嫦娥開恩！」

長老們在貓山前月光下設了祭壇，夜夜虔誠的向月宮禱告。月宮主子嫦娥本來並不想干預地上的事，但眼看村人們那真誠的祈禱，就輕輕的吹了一口氣，把貼在貓山

的符咒吹走。

　　果然那天夜晚，在溪潭那兒展開了貓神和鯉魚精的一場大決鬥，村民們聽到喵喵！喔喔！攝人心魄的吼聲，也聽到潭水激起浪濤的轟隆聲，從深夜直到黎明，太陽探出東山，一切才平靜下來。人們這才放心的開門查看，潭水還是一如平日閃閃發光，回頭再看後山，峰頂上的貓岩依舊矗立，不過看起來神氣十足，似乎在告訴著人們：「我已經趕走了鯉魚精，你們放心吧！」

　　晌午時，村民們到潭邊，發現岸邊一片零亂，沙灘留下無數龐大的貓腳印，奇怪的是河岸上多出了兩顆圓滾滾的巨石，像眼珠一般發亮。

　　月亮主子嫦娥看見一切都恢復平常了，嘆口氣說：「不管地上也好，月亮也好，其他星球也好，一切都要保持平衡才對啊！陰陽調和，男女合作，一切的一切才能欣欣向榮呢！誰也不能破壞自然的平衡啊！要不然像男女管家那樣的下場，何苦呢！」

——原載二〇〇四年七月二十七日《國語時報》

鳥言獸語學校

　　嗨！你聽見了我們美妙的鳥言獸語嗎？我們或許是你家中的寵物，或許是自由翱翔藍天，奔馳山野的昆蟲鳥獸，可是一樣的好盼望當你的友伴！演起你喜愛的一齣齣精采的戲劇。請諦聽吧！鳥言獸語童話故事。

Part.13

狐狸媽媽
哪裡去了？

冷颼颼的北風奔跑在大地，沿路把一片片樹葉摘下來灑滿林間小路，把小小的綠草吹成枯黃，把動物們都嚇得躲進洞穴裡去。

北風最得意的是聽見地上的飛鳥走獸都哆嗦著說：「好冷喔！北風真厲害！」

北風看見松鼠畏縮在濃濃密密的枝葉裡叫冷，看見小白兔急忙鑽進草叢，也看見池塘裡面的魚，怕冷怕得深深潛進水底。

「我威力十足，我的腳步一到，萬物披靡！誰不怕我，誰不怕得發抖！」北風呼呼的呼嘯著更瘋狂的奔馳。可是當他洋洋得意的吹到山坡時，卻看見灌木叢裡傳來清晰的說話聲。

「不冷！不冷！北風算什麼！」

「對啊！一點兒都不冷，北風沒什麼了不起的！」

北風生氣了！對著草叢拚命的吹冷氣，吹得草叢東倒西歪，葉子片片掉落。

原來草叢裡有個狐狸洞，可愛的小狐狸正躲在媽媽懷裡，嘰哩咕嚕的說：「北風哪裡吹得到我們！只要媽媽的屁股一翹，用尾巴堵住了洞口，任憑北風狂怒猛吹，也

吹不進一絲絲的風！」

　　北風累壞了，自言自語說：「我不跟有媽媽的小狐狸玩了！」說罷，向廣闊的原野奔馳而去，突然在一棵葉子已落盡的樹木下聽到小狐狸的哭聲：「好冷喔！好冷喔！媽媽怎麼還沒回來？」

　　北風高興得靠過來探看，是一對凍得發抖的小狐狸，躲在樹洞裡，邊哭邊望著洞外的草原。

　　北風很好奇，邊吹冷氣邊問：「狐狸媽媽呢？」

　　「去找食物了，還沒回來，也許是被獵人抓走了！」

　　「媽媽說被獵人抓走了，會變成毛皮纏繞在美女脖子上，永遠永遠都回不到寶寶身邊了。」一對小狐狸說著說著，淚汪汪的流個不停。

　　北風不知怎地也跟著傷心起來，他是北方那冰天雪地的孩子，媽媽從來沒有溫暖的擁抱過他，還叫他離得遠遠的，帶著酷冷的寒氣去吹襲大地。媽媽

啊！媽媽！您好無情喔！世界上最無情的就是我們北風家族吧！

北風羨慕起狐狸的母子情深了，也可憐起沒媽媽的小狐狸了，於是親切的說：「我現在就到街上找你們的媽媽回來！」

北風呼呼的奔跑到街上，街道上的人都穿著厚厚的衣裳，也戴著厚厚的帽子，穿著厚厚的皮鞋。北風找著在脖子上纏繞皮毛的美女。

「喔！果然找到了！」一個打扮入時，披著大衣，蓬鬆著金髮，踩著長統馬靴的少女，脖子上正纏繞著光澤亮麗的狐狸皮毛。

北風趕緊追過去，大聲叫喊：「狐狸媽媽！狐狸媽媽！快回草原去！你的寶寶等著你，等著你溫暖的懷抱！」

可是纏繞在美女脖子上的狐狸媽媽，卻一點兒回應都沒有。北風仔細的看了又看，這才發現狐狸媽媽全身無力，只剩隨風飄動的皮毛，而那已經不會轉動的眼睛，更是充滿著哀怨、無奈、悲愴的神情。

北風雖然找到了狐狸媽媽，卻不能叫狐狸媽媽回到

狐狸寶寶身邊，就像先前狐狸寶寶含淚說的，萬一被獵人抓走了，下場就是這樣可憐！

人啊人！比起北風更無情的，原來是人！

——原載二〇〇五年一月十四、十八日《國語時報》

★ 狐狸媽媽哪裡去了？

Part.14

外星怪貓來了！

　　阿發多共和國這些日子，到處出現不可思議的怪異現象，每當黃昏時分，隨著太陽西沉，西山的峰頂，就出現朦朦朧朧的巨大的貓頭，隱隱約約還聽得見喵嗚！喵嗚的鳴叫聲。

　　那貓頭的眼睛特別大，像兩面明鏡，隨著夕陽散發七彩光芒，抿著的嘴像是偷笑著，兩耳豎立像是聚精會神

聽著四面八方的聲音，至於稀疏的鬍鬚，更是翹翹的，像是告訴你，我好威風喔！

人們都不敢正面仰視怪貓，只是惶恐的說：「那是外星球來的，幾天前幽浮曾經停在山頂呢！」

「是不是外星人計畫佔領地球了？」

「不會的！我們的國防科技足以擊退外星人的入侵啊！」

「你怎麼知道我們有這樣的能耐？」

「阿發多科技研究院的柯南博士，今晚要發表他跟外星人交涉的情形呢！」

晚間新聞大家屏住氣息聆聽柯南博士的報告。「各位民眾，在這裡向大家說聲抱歉，我們研究院的外太空通訊組，發現這次幽浮載來的怪貓，情況特別，至今仍然無法連絡上外星球或他們的航艦的訊息，不過國防科技大隊正採取嚴密的監控，請各位放心！」

聽了報告，阿發多共和國的百姓雖然失望，不過他們經歷過無數次外太空和外星球的來訪或襲擊，所以縱使驚恐，也不至於紛亂失措。

隔天清晨，大家覺得事態不簡單，首先發現有些養

雞、養鴨人家的雞鴨，平白少了一部分，第三天牧場的牛羊少了一部分，第四天有些人家的寵物狗也無緣無故不見了，第五天更不得了了，竟然也有些人失蹤了！

「這還得了！是被怪貓吃掉了！柯南博士啊！你快找到歹徒啊！這樣下去人人都不得安寧呢！」

「應該請總統下令，用我們的太空神箭，把怪貓射下來！」

「不過率先使用武力，恐怕引起太空大戰，後果不堪設想！」

就在大家不安的議論紛紛時，柯南博士出現在電視和網路上報告尋求訊息，協商談判的情形：「各位觀眾和網路上的民眾，怪貓的出現是銀河系亞利恩星球派來的友善大使。亞利恩大統領發現地球人面臨很大的危機，SARS之後是禽流感，禽流感之後會有獸流感，獸流感之後會有人流感，到了那時候地球上的人類，會遭遇很悲慘的命運，亞利恩大統領，基於偉大的宇宙愛，所以花費很大的力量，籌措龐大的經費來這裡，做一次拯救地球的大行動。」

柯南博士話還沒講完，網路上就有很多人反應：

「什麼拯救地球大行動？我們的雞鴨、牛羊、寵物，還有活生生的人，無辜受害失蹤，難道這是友善？」

柯南博士忙著解釋：「那些失蹤的，都是經過怪貓的雙眼，也就是可以分析出即將有可能發生流感的分光鏡，正確的透視診斷的結果，早期預先隔離，以保障大多數生物的生命安全的！」

「真的有這回事？」

「亞利恩有這樣的能耐？」

「難道我們自己一點辦法都沒有？要靠沒事先告知，沒徵求我們同意就侵入的外星怪貓當作友善大使？」

「這樣說，我們地球人未免太沒出息了！」

「亞利恩星球的行動十分詭異，嘴說友善，有一天態度一變，拯救地球大行動，就變成佔領地球大侵略哩！」

「為了地球人的榮譽，地球由我們自己來愛，自己來拯救！」

柯南博士綜合了全地球村人的意願，繼續跟亞利恩星球談判，在這同時，阿發多國防科技大隊派出的太空搜索隊，已經完全查出怪貓的形態和組合，更掌控它的罩門，隨時可以發動攻擊摧毀，不過基於宇宙公約，安全第

一、和平為先，所以暫時按兵不動。

　　那天傍晚，夕陽恢復了往日的絢麗美景，雞、鴨、牛、羊不再失蹤，而一度失蹤的也都悄悄的回來了，地球村的人，更強烈的感受到，自己的地球要自己來愛！

——原載二〇〇四年七月九、十三日《國語時報》

Part.15

賣夢的小乞丐

喬裝平常人家孩兒的王子，在僻靜的小巷，偶然遇見了年齡相仿的小乞丐。兩人非常的談得來、玩得來。在小乞丐的嚮導下，王子看到了王城難得一見的種種面貌，也體驗了不同階層人家的生活。

到了分開的時候，王子捨不得別離，小乞丐更捨不得離開，兩個真情相待的朋友就抱在一起痛哭起來。那哭聲驚動了正在雲端酣睡的齊天大聖孫悟空，潑辣猴咳一聲，從雲裡走了下來，眼睛一瞄，就知道兩個孩子為什麼在哭。

「喂！不要再哭了，王子該回去王宮，乞丐該回到乞丐窩，就這麼簡單！」

不過王子還是哭哭啼啼的說：「我答應過他享受跟我一樣富貴榮華的生活啊！我一定得帶他回王宮去。」

小乞丐也堅定的說：「我也答應過他，當他一輩子的嚮導，逛遍王城奇異的每個角落，享受無拘無束的生活。」

潑辣猴詫異的轉動眼睛，輪流看著兩個小孩，想不到他們都十分肯定的說：「我喜歡乞丐窩！」

「我嚮往王宮的繁華！」

潑辣猴脫口而出：「你們真的比我還任性哩！而且小乞丐怎麼可以嚮往王宮，王子怎麼可以喜歡乞丐窩？這真是太荒謬了！太荒謬了！」

「可是，我們就是喜歡嘛！」兩個孩子異口同聲的說著。

潑辣猴莫可奈何的說：「好吧！既然你們喜歡，本大聖就想個辦法，達成你們的願望。從今以後，王子每個夜晚就會在夢中來到乞丐窩，享受你的自由。至於小乞丐嘛，白天還是乞丐，但夜晚一睡就在夢中來到王宮，享受王子的富貴榮華，這樣好不好？」

「好極了！好極了！可是我們要來去自如的夢！」

「好任性的小傢伙！好吧，答應你們就是了！」

王子任性，小乞丐則是貪得無厭，眼看潑辣猴有求必應，就進一步的提出要求：「大聖，我的夢是不是可以分成一夜一夜的，有時候賣給別人？」

「呀！你這臭小子，想得真有趣，好吧！答應你！」

「哇塞！萬歲！」王子和小乞丐轉悲為喜，高高興興的吹著口哨別離了。王子雖然身在王宮裡，但也可以夢遊全城，而小乞丐呢？更絕了，掛起招牌賣起「如在王宮的

如在王宮的美夢

美夢」了。

　　賣夢的生意十分興隆，而且「夢」的種類也愈來愈多，內容也愈來愈豐富。到了後來「美夢」人人有。「有夢最美」也成為大家的共識，築夢、織夢，盼望美夢成真，也就成為人們的生活樂趣了。王子有夢，小乞丐的夢不比王子少，你說誰比誰快樂呢？

——原載二○○四年五月二十一、二十五日《國語時報》

Part.16

海洋上
的音樂家

小海豚龍龍問媽媽：「我們海豚怎麼是海洋上最傑出的音樂家呢？」

媽媽說：「這就要從我們的祖先說起了，那故事還寫在希臘神話裡，人人都在傳揚呢！」

從前希臘有位很喜歡音樂的國王，他聘請當時最有名的琴手——阿利安到宮廷當樂師，天天欣賞悅耳的琴聲。

有一次西西里島的國王舉辦音樂大賽，阿利安也應邀參加，國王還特別派了一艘船送他前往。阿利安不負重望獲得了冠軍，戴上了榮耀的金冠外，也領取了巨額的獎金。可是歸途上，航行在茫茫大海時，船長突然帶領著強悍的水手，兇巴巴的說：「阿利安，是要我們殺了你？還是你自己了結？反正我們決定要你的錢，也就不得不取你的性命。」

阿利安知道逃脫不了，就說：「既然這樣，那我就認了，不過要死也要死得像個音樂家，先讓我在船頭彈彈豎琴，向這世界告別，一曲完了我就跳下海去！」

「好吧！大家沒異議吧！」船長環顧著水手們說。

水手們都點頭表示贊成，阿利安交出沉重的金袋子，然後穿上國王所賜的紫金衣、戴著金帽，抱著豎琴，

悠然的站在船頭上。

　　　親愛的朋友，陪我一起走吧！
　　　不管地獄的狗怎樣吠叫，
　　　都不要離棄我！

　　阿利安的歌聲又引來了我們祖先成群的繞游在船邊，因為阿利安自從上了船，就每天唱歌彈琴給喜愛音樂的海豚們欣賞的啊！

　　一曲結束，阿利安果然一躍，跳進波濤洶湧的海洋去。而船長和水手呢？當然不顧阿利安的死活，立刻手忙腳亂的打開金袋子，數著亮晶晶的金幣。這時候的阿利安已經悄悄的騎在一隻海豚背上，躲過水手們的耳目，安全的回到希臘的海灘。

　　海豚媽媽又說：「其實我們海豚跟音樂還有很深很深的因緣呢！」

　　有一次，一艘小郵輪上有個樂隊，不！不止一個樂隊，是全船的人都是歌手、樂師，他們航行在汪洋大海，一日復一日，每到太陽西斜的黃昏時刻，就一起站在甲板

上，人人手上都有一種樂器，大喇叭、小喇叭、大提琴、小提琴、豎琴、黑笛，還有多很多樂器，船首的指揮家一比，大家就合聲演奏起美妙無比的樂曲，我們海豚族從來沒有錯過任何一場音樂會。

起初我們有些害怕，不敢太靠近船邊，後來發現那些樂師都是全神貫注的演奏，臉上流露的是喜悅祥和的神色，也就放心的靠近船舷，和著音樂跳起舞來。

我們海豚的水上芭蕾，不但姿態優雅，在那碧藍的海洋又飛躍又拍水又歌唱，引得船上的人，一邊演奏一邊瘋狂的叫好。他們高興，我們也高興，真是美好的人與海豚的交誼。

可是有一天傍晚，海上起了風浪，是暴風雨，黑暗的天空電光閃閃，雷聲隆隆，像山一般的巨浪撥弄著小郵輪，一下子被推上浪頂，一下子掉進浪谷，更糟的是強烈的浪頭不斷的衝擊船身。不一會兒，水手驚叫著：「船底進水了！恐怕會沉沒呀！」

船上所有的人，都驚恐的發抖，不知怎樣才好。幸虧船長很鎮靜，他說：「這樣的海難，急也沒有用，不管怎樣，我們來演奏大家喜愛的曲子吧！」

於是人人分別拿起了自己的樂器，像平常那樣演奏了起來。一曲又一曲，時間在樂音中一分一秒的過去，暴風雨卻愈來愈大，浪濤更是澎湃洶湧。很奇怪的是破了底的船卻沒有下沉的樣子，水手們很詫異的仔細查看。

　　「呀！是海豚啊！是一大群海豚在船底撐著啊！」

　　「海豚救了我們的命！」

　　「海豚萬歲！海豚萬歲！」

　　就這樣我們跟人類以音樂結了緣，也救過了很多次的海難。可是音樂的愛好者兼海上救難隊的我們，卻有一次非常令人傷心的失敗。那一次我們跟隨一艘豪華超級郵輪來到了冰冷的北極邊緣，氣溫雖低，旅途卻十分愉快，每天幾乎是二十四小時船上都會飄出悠揚美妙的音樂。

　　後來我們發現船上有高水準的交響樂團，每當奏出氣勢萬千，令人陶醉的音樂時，我們成群的海豚就會高興的跳著舞著，入神聆聽。這裡的海洋處處飄著冰山，有的像座巍峨的山岳，聽說它隱藏水底的部分更是龐大無比，我們真擔心樂音飄飄的豪華郵輪，一不小心，撞上了隱形的冰山。

　　擔心的事果真發生了，砰！一聲巨響，郵輪不走

了，船底進水了，船上傳來一陣陣惶恐的呼救聲。一艘艘救生艇放了下來，人們爭先恐後的搶著跳進去，一時秩序大亂，有的救生艇超重了，傾斜了，有的甚至沉了。就在大家亂成一團的時候，樂隊演奏起安詳的音樂了，不停的演奏下去，最後一艘救生艇放下了，擠滿了驚惶失魂的老弱婦孺。此時全神貫注在演奏的樂師，仍然不慌不忙奏出悠揚的樂曲，安慰著別人平安離去。

我們的祖先眼看著這情景，感動得流下淚，海豚們是不是只有流淚呢？不！牠們照樣鑽到船底，奮力撐著那郵輪，可是豪華的郵輪實在太重了，縱使祖先們費盡了力氣，有的折斷頭骨，有的滿身是傷，還是無法撐得住，船身傾斜了，樂隊站立不住了，滑倒了，掉進大海了。祖先們筋疲力盡，全身凍僵，只好浮出水面喘息。

縱然發生過這樣的事，但我們還是喜歡音樂，也喜歡人類。不過現在的船不一樣了，都是鋼鐵打造的，不必在海難時由我們去撐著它了，而且快得我們都跟不上了。於是我們就選派了些特技好手去跟人類交誼，保持長久以來互相欣賞，彼此愛惜的情分。

——原載《智商180小獼猴》（二○○三年八月，桃園縣文化局）

鳥言獸語學校

冬冬這個暑假好忙好忙喔！雖然不上作文班了，卻要上美語班、母語班，還有好多好多的才藝班，上得他暈頭轉向，時常忘了何年何月何日，像個無俚頭莽撞的傻子。

　　一個炎熱的下午，冬冬又要趕著上美語班了，他順路走到公園角落的大榕樹下乘涼。心想如果能整個下午都待在這裡，聽著鳥兒唱歌，享受涼爽的風該多好！這個念頭才浮現，立刻從樹上傳來奇異的聲音。

　　「冬冬，其實你應該在這裡上『鳥言獸語班』的！」

　　冬冬詫異的抬頭一看，正有一隻很大很大的松鼠，眨著圓溜溜的眼睛看著他呢！

　　「『鳥言獸語班』在哪兒上？」

　　「就在這裡，我就是班主任，向我報名就好了。」

　　「要繳多少學費？」

　　「不要學費，不過有一個條件要遵守，也有一個約定要發誓！」

　　「什麼條件？」

　　「當鳥老師或獸老師上課時，一定得專心學習。」

　　「那還用說，我一向都是很專心，至於要發誓的是什

麼事？」

「發誓學會了鳥言獸語，絕對不能告訴任何人，要不然立刻變成一塊石頭！」

冬冬一心想學鳥言獸語，因此堅定的回答：「我敢發誓，我絕不會洩漏！」

於是大松鼠就帶著冬冬爬上樹，爬到樹枝茂密的地方，冬冬這才驚訝的發現，樹幹有個深不見底的洞，洞口有梯子通向幽暗的洞裡去。

到了洞底，豁然開朗，竟然是冬暖夏涼、光線柔和的一所學校呢！大松鼠雙手背在後面，踩著大大的步伐，帶著冬冬到教室裡來。老師是打扮華麗的鸚鵡，學生有畫眉、麻雀、烏秋，還有蝴蝶、青蛙、土撥鼠等。鸚鵡老師嘰嘰喳喳、巴拉巴拉的侃侃而談。

冬冬心想：「糟啦！我一句都聽不懂，怎麼上課？」

大松鼠班主任立刻看穿了冬冬的心思，安慰著說：「不用緊張，儘管放心！」說罷把冬冬交給了鸚鵡老師。

　　鸚鵡老師嘎嘎叫著，張開彩虹般的翅膀，搧了幾下，一陣陣舒爽的香氣撲鼻而來，好奇怪喔！冬冬一聽那開朗的聲音、一聞那沁人心脾的香氣，竟然聽懂鸚鵡老師的話了。

　　鸚鵡老師說：「這位人類的小朋友，還不懂這個世界的語言有兩大類，一類是『人語』，另一類是『天籟』，人語只有在人類之間流通，而天籟呢，是大自然裡不管動植物或天上的雲、空中的風、山谷裡的溪流、浩瀚的海洋、青翠的山，都共通的，最美的語言。」

　　鸚鵡老師面對不同面貌，但一樣入神聆聽的學生，愈說愈起勁。

　　「學習天籟，不像學習人語那麼辛苦，什麼音標啦！腔調啦！字母啦！文法啦！搞得頭昏腦脹。天籟只要用心靈體會，就會感受到一陣芳香，一陣舒爽，立刻就會。」

　　冬冬這才知道為什麼剛才鸚鵡老師的嘎嘎聲，被翅膀搧了過來，他就聽懂了牠的話。冬冬和小動物們快樂的上起鳥言獸語，教室裡瀰漫著歡樂的氣息，像吟誦詩歌，

像歡唱凱歌，不知不覺中冬冬就完全聽懂各種動植物的語言了。

「喔！聽懂天籟，真叫人快樂無比。」從此冬冬更喜歡綠蔭蔽天的榕樹爺爺了，更喜歡轉啼樹梢的鳥兒、飛舞花間的蝶兒、優游水中的魚兒了。

一個久雨初晴的日子，冬冬在山坡欣賞著天籟，突然聽到樹林裡的小動物緊張的交談著：「大家得準備搬家了，雨後的山坡大太陽一曬，恐怕會崩潰成土石流喔！」

「都是人類過度開發，把大樹砍掉，草叢燒掉才會這樣！」

「他們只管種檳榔、種蔬果，哪知大禍臨頭！」

冬冬聽了很著急，因為山腳下住著幾戶人家，發生土石流他們是首當其衝。冬冬心想：「我得趕緊警告他們去！」可是他又想：「不行！不行！我已經發過誓，絕不能洩漏我聽懂鳥言獸語啊！」

左思右想，冬冬陷入了困惑中，最後想到了一個辦

法：「只要提出警告，不說從哪
兒聽來的。」

　　冬冬飛也似的跑到山腳
下的農家，喘著氣緊張的
說：「這兒要發生土石流
了，你們得趕緊搬離開！」

　　「什麼！叫我搬家？搬到
哪兒去？我搬走了，你要來接收是不是？看你年紀小小
的，好奸詐喔！」

　　「不！不是奸詐，是真的快發生土石流了！」

　　「是誰告訴你的？」

　　冬冬眼看農夫不肯相信，心裡更急了。第二天、第
三天，冬冬都到山坡去，聆聽著動植物們的話語，知道了
地下水在竄流，地層已開始鬆動，他再也不能遲疑了，救
人要緊，就是自己變成石頭，也要勸告那幾戶農家逃離
啊！

　　農夫又看見冬冬慌張跑來，不禁哈哈大笑著說：
「你又來嚇我們嗎？提出證據來！要不然你就是放羊的孩
子囉！」

「證據的確有！是我⋯⋯是我⋯⋯是我聽見⋯⋯」

冬冬結結巴巴的正要說出來的時候，轟隆一聲，天崩地裂，土石流朝著村莊淹過來了。還好村裡的人剛好來得及逃離，不過冬冬卻不安的捏捏臉皮、手臂、大腿，看痛不痛？惹得樹上的松鼠吱吱的笑個不停。

——原載《智商180小獼猴》（二〇〇三年八月，桃園縣文化局）

Part. 18

鷺鷥村傳奇

鷺鷥村是個很美麗的山村，山上的橘子結果時，就像滿山張燈結綵，掛滿了聖誕燈似的，稻田裡的稻穗成熟時，就像遍地鋪了黃金似的，誰不愛這水果甜、稻禾香的村莊呢！

　　鷺鷥村很特別的是，到處都可以看見潔白的鷺鷥，牠們悠然的飛翔，自由自在的在水田裡覓食，在果園裡吃蟲。那些鷺鷥，成群結隊時，像一片發光的雪地，像滿樹的白花，像朵朵飄浮的白雲。

　　這兒的人喜歡白鷺鷥，更喜歡和諧的生活，彼此來往親切誠實，而且守望相助，團結合作。白鷺鷥呢？就在農家屋前屋後，尤其更喜歡在池畔的柳林、山坡的相思樹林築巢、產卵，形成快樂的、熱鬧的鳥園。

　　可是有一天，快樂的白鷺鷥突然不快樂了，到處聽到牠們悲傷的哭聲，看見牠們焦急的飛上飛下。農夫們覺得很詫異，展開緊急的調查。一查的結果，不得了啊！鳥窩裡的鳥蛋都不見了。

　　「是誰偷了呢？」

　　「是蟒蛇？是黃鼠狼？是野貓？是老鷹？」

　　「不會的，牠們很久以來，都跟白鷺鷥和平相處

呢！」

「這也很難說，這個時代很多人說要變馬上就變，那些動物說不定已經變得不講道理了呢！」

「不管怎樣，我們一定得替白鷺鷥討回公道，把可惡的偷蛋賊捉拿起來啊！」

「對！我們就兵分五路出發，捉蛇隊往森林去，捉狼隊往草原去，捉貓隊在村裡巡邏，捉鷹隊往山頂爬。」

村子裡的守望相助隊伍浩浩蕩蕩的出發了，白鷺鷥高興的飛舞著歡送。可是一整天下來什麼都沒發現，蟒蛇蜷曲在枝葉茂密的樹上靜靜的睡覺，黃鼠狼躲在地洞裡不見身影，野貓、老鷹，一在牆下曬太陽，一在空中安詳的迎風飄呀飄，好像這個世界什麼事情都沒發生過。

「傻瓜才會在大白天偷竊！」

「對！捉賊應該在黑暗的夜裡啊！」

「我怕！我不敢！」有的村人要打退堂鼓了。

「容不得你怕啊！難道要眼巴巴看著鷺鷥們遭殃！」

「喔！不行，為了可愛的鷺鷥朋友，我們勇往直前吧！」

五路兵馬迅速的改編成夜間巡邏隊，一隊鎮守在村

長家的大本營，四隊分別往東西南北方向，悄悄的，不聲不響的進行偵查。

　　果然第三個晚上就捉到偷蛋賊了，可是他不是別人，卻是國王派來的「採蛋尖兵」哩！原來荒唐國的亞霸國王，聽御用營養師說：「吃白鷺鷥蛋可以延年益壽、皮膚細嫩、體態輕盈美妙。」因此不但國王吃、王后吃、王子吃、公主吃、宮女吃，連衛兵也都吃起鷺鷥蛋來了，他們打聽到了鷺鷥村，就派「採蛋尖兵」大量偷蛋了。

　　全村的人一聽，都惶恐起來了，誰也想不出什麼好辦法來對付國王的「採蛋尖兵」呢！只有忍氣吞聲，看著鷺鷥蛋一粒粒的消失，鷺鷥媽媽一聲聲的哀鳴。

　　後來年邁的

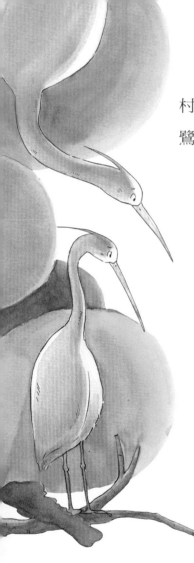

村長終於提出了一個逃避的辦法：「我們帶領著所有鷺鷥遷村，遷到遠遠的深山去！」

千百隻失去了可愛的親生蛋的鷺鷥媽媽、鷺鷥爸爸，隨著村人的呼喚，飛過了溪谷，飛過了山嶺，飛過了森林，來到很遠很遠的深山裡了。勤勞的村人又開闢層層梯田、片片果園，鷺鷥們忙著捉蟲除害，不久到處又是結實纍纍的果樹，稻禾飄香的水田了。村人們高興的歡呼：「這裡是我們的世外鷺鷥村！」

原先的鷺鷥村呢？人去樓空，鳥不生蛋，狗不拉屎，變成一片荒地。而國王呢？採不到鷺鷥蛋，麻雀蛋、畫眉蛋、烏秋蛋也好，凡是鳥蛋統統都吃，各種各樣的鳥類都遭殃了，紛紛逃難而去，也有好多鳥兒到世外鷺鷥村避難。

亞霸國王呢？比以前更兇巴巴的逼迫「採蛋尖兵」四處找鳥蛋。結果呢？荒唐國聽不到鳥叫聲，更找不到鳥兒的蹤影，高興的是菜園、果園和田裡的蟲蟲，牠們從此可以安心的大吃大嚼，把水果啃爛了，蔬菜吃光了，讓稻禾生病了，也沒有可惡的鳥類

來干涉。

荒唐國陷入了可怕的大饑荒了，苦了老百姓，亞霸國王還在叫「採蛋尖兵」找鳥蛋。這些尖兵雖然眼尖，手腳更尖，但怎能無中生有呢！

這時候的「世外鷺鷥村」呢？山明水秀、鳥語花香，五穀豐收，人人快樂。鷺鷥在翠綠的樹上，開出朵朵雪白的花，在牛背上陪著農夫耕田除蟲害。牠們也在樹林裡築巢產卵，很快的繁衍成群，熱鬧著美麗的新鷺鷥村。

有一天，荒唐國的一個採蛋尖兵溯河而上，偶然的發現了世外鷺鷥村，興奮的找到鳥巢就偷取鳥蛋，不一會兒，就被守望相助的巡邏隊逮住了。那個尖兵可憐兮兮的跪在村長面前求饒，村長拍拍他的肩膀說：「不用怕！你跟著我來，看看我們的果園、稻田、菜圃吧！這裡完全不用什麼農藥，但一切禾苗、果蔬都生生不息，茁壯成長，你知道為什麼嗎？因為有可愛的鳥兒，尤其是辛勤的白鷺鷥幫著除害蟲呢！」

採蛋尖兵了解了一切，回去報告國王，亞霸國王雖然愛吃鳥蛋，但他總不能見死不

救，讓全國的農田荒廢啊！於是下達命令，不准傷害鳥類，更嚴禁吃鳥蛋。同時加封鷺鷥為「益鳥一號」，人人都得愛護。

——原載《智商180小獼猴》（二〇〇三年八月，桃園縣文化局）

Part.19

巫婆怎麼不見了？

很久很久以來，森林裡就流傳著一則「野鴿子報恩」的故事，很多人只知道有這故事，而不知它是怎麼來的。

原來森林裡住著小巫婆一家人，她們的家在青翠的山上，這裡一片茂密的樹林，林子裡空氣新鮮，連吹來的風也帶著芬多精的香味。巫婆一家三代都住在神木洞裡，巫婆奶奶、巫婆媽媽、巫婆姐妹，還有姑姑、阿姨，熱鬧極了。

這家巫婆不用很麻煩的騎難看極了的掃帚，她們只要撿起一片落葉，或什麼小木片之類的，唸唸有詞，那葉片就變成一艘飛船，載著巫婆在一瞬之間，來到她心所想到的地方。

青翠山的巫婆還有一項了不起的法術，那就是見到任何人，根本不必跟他講話，一下子就能看穿他心裡在想什麼，也就是有「他心通」的法術。

有一天，小巫婆又像平常那樣，搖身一變，變成一隻翠鳥，飛到獵人上山必經的登山口。小巫婆變成的翠鳥，就在樹上比羅！比羅的啼鳴，於是獵人就會在心裡想著：「美麗的小鳥在歡迎我了，今天一定可以獵到我盼望的山羌，享受一餐美味的山珍呢！」

小巫婆看穿了獵人心想的事，就飛呀飛的飛到山羌山，告訴山羌們小心獵人。當然那天獵人縱使跑遍了整座山羌山，也找不到山羌的蹤跡。

有一次，小巫婆又變呀變的，變成她最喜歡的翠鳥，飛翔在山坡上。哎呀！不好了，獵人已經知道在登山口遇見翠鳥，那天就毫無所獲，所以今天上山特別早，恰好在山坡上發現了早起的鳥兒——野鴿子。

咕！咕！咕！野鴿子不知可怕的獵人正躡手躡腳的靠近牠，還鼓起喉嚨不住的唱情歌。

「好極了！『一石二鳥』的機會來臨了！」獵人得意的露出笑容。不一會兒，果然有一隻母野鴿，從草叢裡走了出來，一飛，飛到公野鴿身邊。

獵人舉起獵槍正想扣扳機，就在這緊急時刻，小巫婆早已看穿獵人的想法，立刻變成螞蟻，狠狠的在獵人的

小腿咬了一下，她也看出獵人想一巴掌打死螞蟻，所以又變成一隻刺蝟窩在那裡。

「唉！可惡！」獵人射歪了，拋下槍伸出手去拍打以為還在小腿上的螞蟻，可是這一拍，不得了啊！手掌一陣刺痛，俯身一看，竟然是滿身尖刺的刺蝟啊！

在驚嚇不已的獵人還來不及反應，只想抓起槍的時候，小巫婆已經化成一隻蜜蜂，遠遠的飛走了。

青草地上的一對野鴿子，只聽見獵人嚷著：「可惡！你這小螞蟻！」然後看見獵人射歪了槍，也就知道是螞蟻救了牠們。

從此野鴿子一心想報恩，所以當螞蟻不小心掉進水裡，驚恐掙扎時，立刻銜來葉片當救生艇，給溺水的螞蟻平安上岸。

巫婆一家人，不但愛護森林裡的花草樹木，也照顧著森林裡所有飛鳥和走獸。久而久之，獵人知道上了山，只要看見翠鳥飛在頭上，或在附近樹上，比羅！比羅的啼叫，那一天就甭想有獵物了，所以把翠鳥當做不吉利的鳥兒。可是反過來，對森林裡的動物

們來說，翠鳥是牠們可愛的天使，親切的守護神，只要牠飛在頭上，或在附近樹林比羅！比羅的啼鳴，就可以放心的在山坡上吃草、遊戲，絕對是安全的。

　　小巫婆年紀小，就像許多小女孩、小男孩一樣，有時候也很好奇，很調皮。有一天她想：「獵人村的風光不知怎樣？我該過去看一看！」

　　於是小巫婆化做一個十二、三歲的，又可愛又天真的小女孩，來到了獵人村。首先看到的是一家打鐵店，那鐵匠就是常常上山打獵的獵人，他正在打造一把獵槍。小女孩站在旁邊俏皮的說：「叔叔！你是個壞人吧！不打造鋤頭、鐮刀，只管打造傷害動物的獵槍！」

　　鐵匠一聽，很生氣，心想：「這女孩長得很甜，很可愛，可是嘴巴怎麼這麼辛辣，還敢批評我！非教訓她不

可！我就用掃帚打她一頓，看她敢不敢再耍嘴皮！」

　　鐵匠還沒做出動作，小巫婆已經知道他心裡想著什麼，就笑著說：「掃帚是用來掃地的，不是打人的啊！」

　　鐵匠非常驚奇，心想：「她怎麼知道我想用掃帚打她？可惡，這下我就改用鐵鎚，看你奈我何！」

　　小巫婆又說：「鐵鎚是打鐵的，打鐵要趁熱，不可以分心，怎麼可以只想打人！」

　　鐵匠真的慌了，也害怕了，想把火爐的炭火撥向小女孩立刻趕走她，但小女孩已經化作翠鳥逃得無影無蹤了。鐵匠眼看翠鳥消失在森林那邊，也就明白了一切，他嘆了一口氣自言自語：「原來如此，看我怎麼對付你！」

　　獵人為了不讓小女巫看穿自己的心思，就為自己打造了一副「鐵石心腸」，那是又堅硬又無情的心腸，沒有血液在流通，也沒有心靈的感應，使得小巫婆再也無法看穿他心裡所想的事了。

　　小巫婆很傷心，只能眼巴巴的看著森林裡的梅花鹿、羌仔、黑熊，還有飛

鼠、鳥類都逐漸的減少。美麗的八色鳥不見了，活潑的兔寶寶失蹤了，黑熊躲進更深的高山了，飛鼠變成了標本了。

小巫婆只好向巫婆姐姐求救，巫婆姐姐哪裡對付得了「鐵石心腸」？小巫婆又向巫婆媽媽求救，巫婆媽媽也是沒辦法，巫婆奶奶還是沒辦法，誰都拿「鐵石心腸」沒辦法啊！巫婆一家人只好不當巫婆了，聽說森林裡的巫婆族就是這樣不見了。

——原載《智商180小獼猴》（二〇〇三年八月，桃園縣文化局）

Part.20

水鏡裡的玩伴

阿明做完了功課，蹦蹦跳跳的到爺爺的書房來，找爺爺說故事。

爺爺說，他像阿明那麼小的時候，認識了一個很要好的朋友，也是很奇異的朋友。

爺爺說，有一天他興高采烈的到河畔玩兒，那時

候，頭頂上是晴空萬里，眼前是青山綠野，腳邊是潺潺流水。爺爺到了最喜歡的河灣，水色碧藍清澈，他站在岸上的大石頭往水裡看。

「喔！真像一面明亮的鏡子啊！咦！奇怪！水鏡裡的影子，怎麼不像我呢？」

那時爺爺不禁驚奇的叫了起來，因為映在鏡子一般的水中的，雖然也是個小孩，可是頭髮梳得整整齊齊，不像小時候的爺爺蓬頭垢面的，襯衫更是潔白，不像爺爺的又皺又沾滿點點墨汁。

「喂！你是誰啊？」爺爺有些膽怯，急忙喊了一聲，想轉身就逃。

可是水裡立刻有回聲說：「不要走！我叫阿清，我願意做你的朋友。」

「是朋友就出來岸上，不要躲躲藏藏嘛！」

水鏡中的男孩，果然不聲不響的站在爺爺面前了。這突如其來的事，使爺爺有些害怕，但眼看阿清是那麼善良，笑得又是多麼的可愛，爺爺不由得喜歡上這個神祕的朋友了。

阿清對爺爺說：「你是個很喜愛河水的孩子吧！看你每個假日都到河邊來，又玩水又摸魚蝦的，可惜你還是不懂這河裡最好玩的，最精采的是什麼？」

「是什麼？快告訴我！」

「好！跟我來，首先我帶你去觀賞魚蝦的大舞會。」

阿清領著爺爺走到有巨大的岩石羅列的另一個岸邊來。河水清澈可見底，河底的細砂上滿布著有彩

紋的小圓石，較大的一些石塊旁，長出細長的水草，有的翠綠，有的紫紅，有的黃澄澄的，都輕輕的跟著水流搖晃。

阿清說：「這就是魚蝦的大舞廳，等陽光照了過來，我們就可以欣賞到美妙無比的舞姿了。不過你得靜靜的，不動聲色的，完全拋棄捉拿魚蝦的邪念，才有福氣看到難得一見的舞會呢！」

天空飄浮的雲朵，移開了身體，陽光閃閃爍爍的照射下來。不一會兒，幾隻銀色的鯽魚，排成交錯的三角形，悠然的游過來，接著是發出紅光的金鯉，張開所有彩色的鰭，展開婀娜多姿的霓裳羽衣舞。在沙底上，一隻隻蝦兒，高舉著鉗鋏左右搖晃，平常都躲在岩縫的鰻魚、鮎魚，還有許多叫不出名字的魚兒，都不甘寂寞，也紛紛手足舞蹈的加入水草舞廳的盛會。

忽然幾隻半尺來長的鱸魚，翻動著柔軟的身體，扭扭捏捏的進入了舞場。河底的蝦兒興奮的拍起來，舞會掀起了一陣熱鬧的高潮。就在這時候，從天空傳來嘎然幾聲雁兒叫鳴，飛雁的影子投入了河裡，於是所有魚蝦都驚惶的躲藏，終於無影無蹤。

　　阿清說：「舞會的節目還多著呢！不過今天提早落幕了，只好等以後再觀賞了。不過時間還早，我帶你去找大螃蟹玩拔河吧！」

　　阿清帶著爺爺走啊走的，走到淺水灘來，這兒長著一叢叢的芒草，阿清伸手拔了一根草心，爺爺也跟著拔。那草心白白嫩嫩的像通心粉，不過手握著的部分還是綠的，而且很韌。

　　兩個孩子就在岸邊找水裡的小石洞，找到了就伸進草心試試，如果那是螃蟹的住家，牠一定毫不猶豫的夾住草心的一端，跟你玩起拔河喔！不過誰都沒輸贏，因為用力拔，草心就斷了。好玩的是阿清和爺爺會在洞口晃著草心，把大螃蟹騙出洞，然後伸出另一隻手，以迅雷般的速度逮住牠。

　　那天爺爺和阿清都玩得很快樂，爺爺要回家時還跟

阿清勾勾手指，下個星期日一定要再見面。

　　從此所有假日，爺爺和阿清都手牽手，在水中游，在青草地上奔跳，在沙灘上滾翻，在野花間歡笑。每次爺爺找阿清時，都站在潭邊的大石頭上，往水裡看下去，那是一面多麼明亮的水鏡，鏡中的阿清立刻笑容滿面的出現在眼前。於是，歡樂的遊戲，就展開在風光明媚的河邊。

　　不過隨著日子的流逝，爺爺發現藏著阿清的那面水鏡，愈來愈模糊不清了，阿清的面容也愈來愈憔悴了，有時臉色發黃，有時嘴唇變紫，有時眼眶黑青。

　　有一天，爺爺忍不住的問：「阿清你到底怎麼了？身體哪裡不舒服？」

　　阿清說：「這條河我恐怕住不下去了，魚蝦的舞會開不成了，大螃蟹也無精打采的不願玩拔河了。」

　　爺爺為功課忙了些時日，有一天再站到潭邊的大石頭上看水鏡時，在變得污濁而漂浮著垃圾的水面，怎麼也找不到阿清的影子了。就這樣，爺爺只有在回憶裡懷念曾經一起享受過歡樂的玩伴了。爺爺知道阿清是受不了汙染而銷聲匿跡的，因此一直到現在，爺爺只要看見誰亂丟垃圾的，汙染河川和大自然的，都會覺得很生氣。

靜靜聽著的阿明也開口說：「我好喜歡故事裡的阿清，希望大家都不要汙染大自然的環境，好叫阿清再出現在美麗的水鏡裡。

——原載一九九二年一月十二日《兒童日報》

Part.21

小龍的勇氣

重重疊疊的深山裡，有個水色碧藍的河淵，那兒的水深得探測不到底。

　　河淵裡住著一條母龍，她懷孕了，快要生孩子了，可是她不願把孩子生在山裡，她想：「做為一條龍雖然可以自由自在的在水裡優游，在雲間飛翔，但怎麼也比不上人間的繁華快樂啊！我的孩子快出生了，真希望他能夠降生在人間啊！」

　　母龍又想：「我們龍雖然可以變成人，不過那是十足歲以後的事，而且不是去過人間的又不能變成人，現在我要把孩子生在人間，就非找一個仁慈的人來照顧不可啊！要不然十歲前的小龍就有罪可受了。」

　　從此母龍時常乘著雲朵到平野觀察，終於找到了可靠的人，於是母龍就把生下來的龍蛋移在河的上游，讓它漂流下去。

　　原來母龍看中的是住在山麓的一對老夫妻，他們都已是六十多歲的人了，但膝下還沒有兒女可以承歡。

　　有一天，老婆婆到河邊洗衣，看見上游漂來一個又大又圓的蛋。

　　「喔！這是什麼呢？也許是上天賜給我們的孩子

呢！」老婆婆小心翼翼的抱回了蛋，用溫暖的棉被蓋著孵它。

過了些日子，龍蛋孵化了，老婆婆驚奇的叫著：「喔！我以為會孵出可愛的嬰孩，怎麼是隻醜陋的鱷魚呢！」

老婆婆沒看過小龍，以為是鱷魚，老公公卻說：「這絕不是鱷魚，看牠那隻眼睛多靈活，多神氣，滿身發出光彩，一定不是普通的動物，我們沒有兒女，不管牠是什麼，就當做親生兒子來養牠吧！說不定將來是一條龍呢！」

小龍長得很快，很活潑，會用後腳站著走，會幫老公公撿木柴，也會幫老婆婆提著裝衣服的籃子到河邊去。他最喜歡的是游水，也會拍著球玩兒。

村子裡的孩子很喜歡小龍，時常過來跟牠玩捉迷藏或賽跑，更時常到河裡游泳。

在水裡的小龍最活躍了，牠能夠捉到很多魚蝦，每當小龍潛進水裡，捉上來的都是大魚大蝦。老公公和老婆婆高興的把魚蝦送給遠近的朋友。可是村子裡的漁夫卻非常生氣，因為自從小龍會捉魚蝦以後，他再也捕不到大魚大蝦了。

「哼！可惡的小龍，有你這傢伙在河裡，大魚大蝦都是你的獵物，我再也沒有好魚蝦賣給縣老爺和王員外了，可惡！可惡！我要想辦法除掉這可惡的鱷魚。」

漁夫痛恨著小龍，很想拿把斧頭把小龍砍成肉醬，可是牠是老公公和老婆婆養的啊！漁夫只好到縣老爺那兒去告狀，說是小龍吃盡了河裡的魚蝦。

縣老爺氣憤的說：「我命令你去捉小龍，把牠帶到地牢裡關起來！」

漁夫聽了縣老爺的命令，高興的跑到老公公家，氣勢洶洶的要捉小龍。

村子裡的小孩知道漁夫要把小龍捉去地牢，都著急的過來幫助小龍。當漁夫要拋出魚網的時候，孩子們都大聲喊叫：「小龍，快爬上樹！」

小龍爬上了高大的楓樹，可是漁夫立刻拿出鋸子，

窸窣！窸窣的鋸起樹來了。楓樹快倒了，小龍在樹梢搖搖晃晃很是危險。小孩子們又喊著：「小龍，快跳進池塘！」

小龍撲通一聲，以美妙的姿勢跳進樹旁的池塘了。可是漁夫又說：「看我把池水放乾了，你還有路可逃嗎！」

漁夫果真把池岸挖開了，池水漸漸降低，露出了水草的根，也露出了長青苔的石頭。

老公公和老婆婆請漁夫放過了小龍，不要叫小龍在地牢受苦。可是漁夫的心腸很硬，他憤憤的說：「可惡的鱷魚罪該萬死，況且這又是縣老爺的命令啊！」

孩子們也在池邊緊張不安的看著，眼看小龍的背也露出水面了，漁夫正要拋出網子罩住小龍的時候，忽然天上飄來朵朵烏雲，接著狂風暴雨襲向大地，漁夫只好慌忙的逃到屋簷下躲雨。

這時有人看見天上的雲朵裡若隱若現的，有一條巨龍在飛翔。

孩子們眼看池水又滿了，都高興的歡呼起來。可是漁夫卻不死心，乾脆在河岸搭起帳棚，耐心的等著雨停，也等著雨水乾枯。

大雨下了三天三夜，然後是個大晴天，漁夫高興

了，但老公公、老婆婆和孩子們都擔心了。漁夫拿著網子在岸上注視著水面。

這時候盈盈的池水忽然起了一陣波浪，是小龍從水中冒出來了吧！漁夫正想拋下魚網，但定神一看，出現水面的卻是個人類的小孩啊！

「哇！小龍變成小孩了！」池岸爆出一陣熱烈的歡呼。

那小孩游到池岸上了土地，跑到老公公、老婆婆面前大叫著：「爸媽！我可以不到地牢了，我是個真的小孩了！」

老婆婆流著淚緊緊的抱住了小龍，忽然想起今天正是他十歲的生日啊！

河淵裡的母龍算算自己的孩子已十歲了，心想：「他成為一個真的小孩了，但願世間上的人都會喜歡他。」

可是母龍的高興只是片刻而已，因為天帝知道了這件事生氣的說：「是哪一條龍沒有獲得允許就把孩子生在人間的？我非嚴厲處罰不可！」

於是天帝就叫雷神去擊毀了河淵上的山峰，使得巨

石紛紛滾落下來，把母龍給埋在淵底，並且奪取了她的力氣，使她動彈不得。

這時不幸的事也發生在村莊了，河淵被埋了，淵裡的水溢出來，洶湧的沖向山谷，沖向山村，田地被淹沒了，房屋也浸水了，人們慌張的逃到山頂躲避。

小龍看見洪水侵襲鄉里，就勇敢的說：「我去探查水源，把它堵起來消除災害吧！」

當小龍踏上征途時，有五個少年也願意一起去冒險，他們越過了險峻的山嶺，泅過了波濤洶湧的巨流，也跟巨蟒纏鬥，跟大熊奮戰，終於找到了洪水的源頭——不斷溢出泉水的河淵。

「呀！原來是山崩造成的災害啊！來！我們把淵裡的岩石搬走！」

小龍不畏任何艱難，立刻跳下河淵搬動岩石，那時山峰上的岩石還繼續不斷的滾落。母龍知道自己的孩子來了，就在淵底大喊：「小龍啊！小龍啊！不要下來！岩石會打傷你的！」

母龍一心一意擔憂著兒子，忘了自己身上壓著層層的岩石，使出剩餘的一點力氣往上衝。

小龍聽見好像有人呼喊著自己，他覺得那聲音非常親切，非常甜蜜。

「喔！那是我真正的母親發出的呼喊吧！」小龍忽然這樣想了起來。於是他的全身充滿了力量，就回答著：「媽！我來了，我來找您了！」

小龍把一塊塊巨石不斷的往上拋，同伴們都為他那神奇的力氣而發出感嘆聲。

這時候，天帝為了母子倆充滿關切和愛的聲音所感動，就赦免了母龍的罪過，也恢復了她的力氣。於是淵底的母龍就一躍而飛上了天，同時淵裡的岩石也被撥開了。

衝上雲間的母龍恐怕嚇壞了小龍和他的同伴，所以只在天上含著淚水說：「孩子啊！再回到村莊去，把你所有的力量都獻給人間吧！」

當母龍衝上天時，小龍和同伴只覺得一陣急驟的大風吹過來。他們驚慌的伏在地面，等再站起來看時，洪水已經停了，河淵也更深了。他們看見目的已達到，就踏上歸途，回到老公公、老婆婆身邊來。這時村子裡已經恢復安寧快樂的日子了。

——原載《小龍的勇氣》（一九八二年二月，樹人）

Part.22

秋風姐姐

秋天的楓葉紅得很可愛，楓葉下的三個女孩笑得更可愛，她們望著藍天，望著紅葉，有說有笑，顯得非常快樂。

面頰紅紅的寶蓮，抬起頭來指著樹梢的小鳥兒說：「你看！牠們多自由，多可愛，如果我能夠變成小鳥兒該多好啊！」

眼睛明亮，睫毛長長的秀玉說：「變成小鳥兒有什麼好玩，調皮的男生會用彈弓打牠，可怕的獵人會用鳥槍打牠，多可憐。我希望變成一朵白雲，悠哉悠哉飄在天空中，誰也管不著它。」頭髮烏黑，笑起來有酒窩的淑娟說：「白雲只會飄在空中，自己沒有主動的力量，只是隨風飄浮，我還是希望變成風兒，會在高空吹拂，也會在地面奔馳。喜歡到哪兒就到哪兒，多好啊！」

「嘻嘻！嘻嘻！」

「哈哈！哈哈！」

三個女孩快樂的笑了，她們互相戲謔的稱呼著：「可愛的小鳥兒！」

「輕飄飄的白雲妹妹！」

「無影無蹤的秋風姐姐！」

三個女孩說罷就靠在樹幹兒，望著樹梢，望著白雲，也聽著風聲，靜靜的沉陷在夢境裡。

這時風蕭蕭的吹拂著，楓葉沙沙的搖晃著，小鳥兒吱吱喳喳的唧啾著，雲朵悠悠的飄流著。

突然從天空傳來神祕的聲音，三個女孩都抬起頭驚奇的聆聽著。

「你們的願望實現了，現在寶蓮小妹妹是隻藍色的小鳥，秀玉小妹妹是朵白白的雲，淑娟小妹妹是一陣看不見的秋風。」

「白雲妹妹，等等我，我要飛上去跟你在一起！」藍色的小鳥從楓葉裡展開翅膀，向天空衝上去。可是那朵秀玉變成的白雲飄得太高了，小鳥兒追不上去。

「秋風姐姐，你在哪兒？快幫助我，我飛得好累啊！」

「來啦！我扶你上去吧！」

藍色的小鳥兒乘著風飛向白雲，可是白雲又驚叫起來了。

秋風姐姐

「哎喲！秋風姐姐不要吹我，你沒看見我軟綿綿的，快被你吹散了。」

淑娟變成的秋風，只好離開了小鳥兒，回到楓林裡去，不一會兒，藍色的小鳥兒也回來了，她說：「白雲小妹那兒好冷喲！我不能跟她在一起，我還是留在樹林裡好些！」

秋風姐姐想陪著小鳥兒在枝葉裡歇息，可是她的身體總是搖擺不停啊！秋風姐姐只好在樹林裡穿梭著，只要是她走過的地方，樹葉就會窸窸窣窣的叫個不停。

秋風姐姐繞了大半個山坡，想回到小鳥兒身邊去，可是她的身體好像掉到急流裡一般，想回頭也回不得。原來許許多多的風聚在一起，它們匯成一股強烈的急風，呼呼的滾向村子裡去。

秋風姐姐來到村莊的上空，她跟著大夥兒盤旋著，往底下一看，道路像灰色的直線，河流像藍色的帶子，一簇簇的房屋像是火柴盒堆積起來似的。秋風姐姐不禁高興的叫了起來。

「喔！多好玩啊！我要看看我的家在那兒！」

秋風姐姐想到家卻有些難過了，她自言自語的說：

「我離開家很久了，該回去免得爸媽擔心，可是回到家誰還會認得我呢？」

秋風姐姐趁著同伴們沒注意的時候，悄悄的往下邊溜走。她認得院子裡那幾棵高聳的椰子樹，所以很快的找到自己的家，當她急急忙忙的飛到樹旁的時候，那大扇子一般的葉子，立刻窸窸窣窣的說起話來，好像在歡迎她回家似的，秋風姐姐顧不了細聽椰子樹的歡迎詞，匆匆的飛到門口。爸爸媽媽都站在那兒東張西望，看起來很不安似的。

媽媽說：「淑娟這孩子，今天怎麼啦？已經過了中午還不回來吃飯。」

「是啊，如果要到同學家去，也該先回來說一聲，或打個電話回來啊！淑娟這孩子愈來愈不像話了！」爸爸也不高興的說著。

秋風姐姐聽見爸爸責備她，趕緊說：「我回來

了，我在這兒呢！」

爸媽好像聽見什麼聲音，詫異的看看左右，可是什麼也看不見啊！

爸爸說：「你們先吃飯吧！免得飯菜冷了，我到外面找淑娟去。」

「爸爸！不要找！我在您身邊呢！」風兒著急的吹拂著爸爸，但只能吹動爸爸斑白的頭髮，而不能讓爸爸知道她已經回來了。

淑娟懊悔著自己變成一陣風，讓爸媽都認不得她了。

爸爸站在椰子樹下張望了一會兒，又走到牆外的馬路上東看看西望望，然後自言自語的說：「淑娟大概是在同學家玩耍，或做功課吧！青天白日下不可能迷失的吧！」

爸爸說著慢慢兒的踱回家去了，淑娟眼看著爸爸那擔心的模樣，就不住的在他頭上來回的跑著說：「我在這兒啊！我在這兒啊！」

爸爸詫異的仰起頭來說：「奇怪，怎麼有一陣風，老是在我頭上旋繞？」

爸爸走過庭院，跨過門檻，把門輕輕的掩上了，秋風姐姐敲了敲門，使得門上的玻璃卡嗒！卡嗒的響個不停。爸爸說：「今天雖然晴朗，可是風可不小啊！」說罷就從裡頭把門給閂上了。

秋風姐姐傷心的掉下了眼淚。她急著要向爸媽說明，所以又轉到窗口去，可是窗子也是關著的，她只好透過明亮的玻璃，探望著爸媽和弟弟坐在房子裡談話。

爸爸說：「淑娟出去半天了，晚些回來不要緊，但願她在外頭不會受人欺負，也不要惹是生非。」

媽媽說：「淑娟這孩子滿懂事的，相信不會有麻煩才對。」

弟弟也說：「姐姐不會做壞事的，她在學校是當糾察隊的，好偉大喲！」

爸媽聽了都哈哈的笑了，這一笑似乎把不安的氣氛都驅散了。秋風姐姐看見這情形也就放下了心，她默默地想著：「我暫時不能回家了，可是我要在外頭做些好事，一定不讓爸媽掛心的。」

進不了家的秋風姐姐，忽然又想起了楓林裡的朋友，於是她又急急忙忙的飛向山坡去。當她來到掛滿紅葉

的楓林時，卻看不見寶蓮變成的小鳥了。秋風姐姐在枝椏
間繞來繞去，雖然遇見了許多鳥兒，但始終找不到那藍色
的小鳥。

「是不是她已經變回原來的寶蓮回家了呢？我還是去
問問白雲吧！」

秋風姐姐望著天空的白雲，發現秀玉變成的那一朵
雲，已經飄到對面的山巔去了。秋風姐姐倏地飛了過去，
只見白雲妹妹哭喪著臉說：「秋風姐姐不好了，小鳥兒被
一群頑童用彈弓打傷了，並且又被他們帶走了呢！」

「你認得是哪個頑童嗎？」

「是我們班上的添福、進財、文卿他們！」

「小鳥兒被帶到哪兒去了？」

「添福倒提著牠回去了。」

「多可憐的小鳥，我非趕快救牠不可！」秋風姐姐說
罷，又倏地往村子裡飛去，這回她飛得很巧妙，再也不會
受到別的急風干擾了。不過她覺得很不安，心想：萬一小
鳥兒被弄死了怎麼辦呢？那寶蓮是不是不能變回原來的人
了呢？

秋風姐姐心裡一急，就變成一陣強風，奔過了田

野，來到屋前有棵大榕樹的添福家。

　　添福的家大門敞開著，秋風姐姐很容易的飛了進去，客廳裡沒有一個人，也沒有小鳥的蹤影，只聽得小鳥在屋後悲鳴的聲音。

　　秋風姐姐趕緊從窗口來到後院，這時眼前的情景把她驚嚇得差點兒昏了過去。

　　藍色的小鳥有一隻腳用繩子給繫在小凳子上，附近正有隻花貓，瞪大了眼睛，喵喵的叫著。

　　秋風姐姐顧不了什麼，迎面衝上花貓去，花貓的鬍鬚和全身的毛都被風吹動了，可是牠並沒有放棄捕捉小鳥的行動。

　　花貓突然喔噢的吼了一聲，撲上小鳥去，小鳥吱吱的哭叫著拍動翅膀亂飛亂撞。秋風姐姐揮舞著手腳，拚命的阻擋花貓，她急得呼呼的響，心裡希望這只是一場夢，不要是真的，要不然慘劇發生了怎麼好呢！她一邊跟花貓奮戰，一邊叫著：「這不會是真的！不會是真的！一定是夢！一定是夢，都是平時添福喜歡惡作劇，喜歡欺負寶蓮，我才會作這樣可怕的夢啊！我不要這樣的夢，我要醒起來啊！」

雖然秋風姐姐慌亂的叫著，可是她的眼前仍舊是一隻張牙舞爪的花貓，身邊仍舊是小鳥兒慘叫的聲音。

　　正是緊張萬分的當兒，幸虧添福他們一行人回來了，添福手上還提著一個鳥籠。

　　走在前面的是文卿，他發現危急的情況，立刻跑過去趕走了大花貓，貓兒很不甘心的叫了一聲，跳過圍牆逃走了。

　　文卿回過頭來說：「添福啊！還是把小鳥兒放走吧！我不是說不要打小鳥嗎！你看，差點兒把這可愛的小動物給害死了！」

　　「不打小鳥帶彈弓幹嘛！」

　　「我的彈弓是打蛇打害蟲的！」

　　「就讓添福把小鳥飼養在籠子裡吧！我們空閒時也可以來這兒聽聽鳥兒唱歌。」進財眼看著兩個同學發生爭論，就為他們說幾句協調的話。

　　秋風姐姐一直在小鳥身邊環繞，等待機會救走牠，添福聽了進財的話，高興的附和著說：「對了！我並不是要吃掉小鳥，只因為喜歡牠，才替牠敷藥，又買回鳥籠讓牠住，我做的一切有什麼不對呢？況且養在我這兒，你們

隨時都可以來聽牠的歌聲啊！」

文卿說：「要聽鳥兒唱歌，該到樹林裡去，鳥兒在那美麗的景色裡，自由自在的飛翔，才能唱出美妙的歌曲啊！」

「對！文卿說得對！你們既然有愛護小鳥的心，欣賞鳥兒唱歌的興致，就該讓鳥兒在大自然中，唱出最美麗的歌啊！」

秋風姐姐趕緊幫著文卿，呼呼的大聲說著。

「喔！真奇怪！今天的風怎麼呼嚕呼嚕的像在說話！」添福詫異的仰起頭來說著。

這時藍色的小鳥也拖著繩子掙扎著邊飛邊叫，文卿就拉著添福的手說：「你聽，鳥兒被綁著，叫出來的聲音不是很悲傷嗎？關在籠子裡不能自由，一心想念著森林，想念同伴，叫出來的聲音也是很悲傷的，你天天聽著鳥兒的悲歌，會感覺快樂嗎？」

「對！對！文卿說得對！文卿不愧是班上的模範生，所想的事都很深入！」秋風姐姐說罷，又轉向添福說：「放掉小鳥兒，牠是寶蓮變的呢！你不能欺負牠，你應該改一改行為了，不要老是對同學惡作劇，有一天你會後悔

的！」

「哎喲！這一陣風怎麼衝著我的臉吹襲呢？」添福舉起手來掩著臉說。

進財也側著頭詫異的說：「真怪！今天整個院子裡，老是吹著怪風，小鳥兒又叫得格外的悲傷，我想還是把小鳥兒放走吧！」

「不！我不要，鳥籠都買回來了，還說放走小鳥。」添福不同意，向前伸手拉斷了繫著小鳥的繩子，又用另一隻手抓著小鳥，就要關進籠子裡去了。

藍色的小鳥悲傷的叫著：「秋風姐姐，快救救我！我不能被關住啊！我要住在楓林裡，等著山神讓我恢復原來的寶蓮呢！」

「喂！你不能這樣做！」秋風姐姐氣憤極了，猛力的衝向添福，從地上颳起了一陣塵土。

「哎喲！不好了！飛塵跑進我的眼睛了！」添福哀叫著放掉了小鳥，用雙手揉著眼睛。

藍色的小鳥乘著機會飛上了屋頂，秋風姐姐又扶著牠高高的飛翔。添福、進財、文卿三個人，都仰起頭來，望著小鳥兒消失在山坡上的楓林中。

秋風姐姐和小鳥兒停在一棵高聳的樹梢，她們喘過了氣，安下了心，忽然想起了要好的同伴——變成白雲的秀玉。她倆同時抬起頭來望望天上，碧藍的天空飄浮著無數的白雲，有的像綿羊，有的像白象，有的像飛翔的白鶴。

「那麼多白雲，要怎麼找出秀玉的那一朵呢！」

「不好找也得找啊！我們離家太久了，應該趕緊請山神給我們恢復原來的樣子，然後快些回家去，好跟家人團聚。」

「我好想念爸爸媽媽喲！」

「我也想念弟弟妹妹，還有小狗萊西。」

淑娟和寶蓮談著、談著，不由得傷心起來。

「現在我們不能只管傷心，快鼓起勇氣飛上天空去找秀玉吧！」

秋風姐姐帶著藍色的小鳥，急急忙忙的飛上天空，她們遇見了綿羊雲，就問他說：「你看見一朵女孩子變成的白雲嗎？」

「喔！她已經飛到山那邊看海去了。」

秋風姐姐聽了，也就想起秀玉在沒有變成白雲以前，曾經說過：「如果我是一朵白雲，我要飛到藍藍的海上，自由自在的跟海鷗一起翱翔。」

可是秋風姐姐心想：「我們離家很久了，縱使藍天碧海，可以盡情的飛翔，但哪會比得上家的溫暖呢？」

秋風姐姐和小鳥兒很快的飛越山嶺，在海天一色的

景色裡呼喊著：「秀玉啊！白雲妹妹啊！你在哪兒呢？」

不久從許多雲朵裡，傳來了回答聲：「秋風姐姐，小鳥妹妹，我迷路了，找不到你們，好傷心呢！」

三個女孩又在一起了，她們再飛過山嶺，回到原來楓林上面，這時忽然一陣洪亮的聲音在她們頭上響起來：「三個喜歡幻想的女孩啊！我知道你們已經領會家是最溫暖的地方了，那就讓你們變回原來的樣子，回到爸媽的懷抱吧！」

淑娟、秀玉、寶蓮發現自己在楓樹下，望著藍天、白雲和鳥雀發呆呢！

「我作了一個奇異的夢！」

「我也是。」

「我也是。」

三個女孩似乎都知道自己的同伴作的是什麼夢。她們在秋陽下，面對面露出了會心的微笑，然後手牽手，很快的踏上回家的路。

——原載《秋風姐姐》（一九七九年十二月，成文）

秋風姐姐

Part.23

尋找心的巨人

大華國民小學是一所很美麗的學校，在那寬闊的校園四周，矗立著一排排高大的教室，教室前後有綠綠的草地和紅紅的花圃。孩子們喜歡在那花草間，聞聞花香，找找蝴蝶。

不過這兒更叫孩子們喜歡的是那一片廣大的操場，操場中間擺放著籃球架，手球門，靠邊兒的地方，還有滑梯、鞦韆、雲梯、翹翹板、浪椅、旋轉椅、爬竿、單槓、沙坑等。不管是誰看了，都會稱讚一句：「這兒真是孩子們的樂園。」

在這樂園裡，站得最高的是那座剛誕生不久的水塔巨人。他聳立在操

★尋找心的巨人★

場的東南角，驕傲的環顧學校裡的一切，得意洋洋的說：「我是這兒最高的巨人哪！就是那一棟龐大的教室，都比我矮一節，至於花草樹木，以及鞦韆、爬竿等更不用說，他們比我的小腿還矮小哩！」

水塔聳聳肩說，伸一伸脖子，覺得自己的頭快頂住白白的雲朵了。於是他就仰起頭來，哈哈的大笑了。

站在水塔旁邊的鞦韆，聽了那瘋狂的笑聲，就抬起他圓圓長長，而又向橫生長的臉兒說：「水塔先生，你高興什麼呢？」

「我是這兒長得最高的東西，我是最值得驕傲的東西，我當然要高興的笑啊！」

鞦韆不服氣的擺動一下那鐵鍊的長手臂說：「可惜你雖然長得高，但還沒有個『心』哪！」

水塔一聽，生氣的反問：「你怎麼說我沒有心？」

「不管是人也好，或是我們這些操場上的東西也好，都要有個心啊！如果沒心，就算他是怎麼高大的巨人，也沒有用啊！」

「哼！你罵我！你說我沒有心，難道你知道什麼是心嗎？」

「我知道我自己有重心，有軸心，重心使我站得穩，軸心使我的手臂擺動。有了這兩個心，我才能叫小朋友喜歡我呢！」

「那我也有重心啊！你看，我不是站得四平八穩嗎！」

「不過你還少一個更重要的心。」

「那是什麼心？」

「我也不知道啊！」

「哼！你既然不知道，怎麼敢說我沒有那個心？」

「我確實知道你少了一個心。」

「小小的鞦韆啊！你自己長得矮小，忌妒我高大，才說我少了什麼心吧！我才不相信你的鬼話。」

「我們不必爭論了，你看，那邊有兩個小朋友來了，就聽聽他們的評理吧！」

水塔瞪大了玻璃窗做的大眼睛看看前面，果然有兩個小朋友手牽著手走過來了，他們一個坐上一個鞦韆，輕輕的搖蕩著說起話來。

那穿花衣裳的女孩說：「小華，你最喜歡操場上的哪一件東西？」

「我最喜歡旋轉椅，它轉快了就像坐飛機似的，好玩極了！」

那叫做小華的男孩，用力盪了一下鞦韆，然後側過臉問旁邊的女孩：「小娟，你呢？」

「我最喜歡鞦韆，你看，輕輕的盪，像划船兒，高高的盪，像飛鳥，多舒服啊！」

兩個小朋友一邊小聲的哼著歌兒，一邊輕輕的盪著鞦韆，每當他們盪了一下，烏黑的頭髮就波浪似的浮動一下。過了一會兒，小華又開口說：「前些日子，旋轉椅的軸心換心了，我不能去玩，真難過。幸虧昨天來了一位工人，很快的換裝叫做軸承的東西，使旋轉椅又有個會轉動的心，我才能再玩它呢！」

「對了！不管是旋轉椅也好，鞦韆也好，總要有個心才行啊！」

「你看，這水塔雖然像個高大的巨人，但沒有會動的心，所以一直都不能工作。」

等那兩個小孩離開以後，鞦韆就說：「水塔先生，你聽見了吧！小華喜歡旋轉椅，是因為它有個會旋轉的心，小娟喜歡我，是因為我有個會搖擺的心，而你除了重

心以外，那更重要的心在哪兒呢？」

鞦韆眼看著水塔不再驕傲，反而替他傷心起來，就安慰著說：「你不要著急，耐心的找找看吧！有一天你總會發現你的心的！」

從此以後，水塔巨人不再笑了，他總是默默的看著操場上的每一件東西。他發現任何一件小小的東西，都有他們有用的一顆心：籃球架的心是圓圓的，雲梯的心是方方的，滑梯的心是斜斜的。它們都跟小朋友玩在一起，歡笑在一起，只有水塔呆呆的站在一邊，不知道做什麼才好。操場上那麼多蹦蹦跳跳的小朋友，就是沒有一個肯過來跟他玩。

水塔愈來愈傷心，他自言自語的說：「我長得這麼高大有什麼用呢？少了一顆心，就不能為大家做事了！」

水塔巨人急著要找他自己的心，白天裡，他仰起頭來問白雲，白雲裝做沒聽見，就悠然的飄走了。黑夜裡，水塔巨人問天空的星星，但星星只管眨眼，理也不理他呢！

水塔巨人過了好多傷心的日子，有一天從教室那邊傳來一陣歡呼聲。

尋找心的巨人 ★

「喔！好極了，水塔的心臟來了！」

「我們有自來水可用了！」

「花園裡的噴水池真的會噴水了！」

一群小朋友跟在兩個工人後面，吱吱喳喳像小麻雀似的說著話。兩個工人抬著一些很重的東西，那個年紀比較輕的工人笑著說：「這兒的小朋友真有趣，把那個水塔叫做巨人，把這個馬達叫做巨人的心臟。」

年老的工人聽了，高興的笑著說：「真有意思，我們快給那巨人裝上心臟吧！他可能等了好久了！」

不一會兒，水塔巨人的心臟轟隆轟隆的響起來，巨人覺得全身充滿了力量，頭頂上的水櫃更沉甸甸的裝滿了水，於是他舒舒服服的把水送到每個水龍頭去，讓小朋友的歡笑聲響徹學校的每個角落。

這時候，水塔巨人才知道自己為什麼誕生在這個世界的，並且也知道了自己這顆心是多麼的重要。

——原載《秋風姐姐》（一九七九年十二月，成文）

聽老校長說故事
——《傅林統童話》賞析

◆徐錦成

1

在台灣兒童文學界，傅林統是位既深且廣的先行者。

他是作家，創作的文類包括童話、少年小說、兒童故事、傳記等，每一種文類都有顯著的成績；他是評論家，出版過多部評論文集，議題相當廣泛，包括兒童文學的總論到個別文類的探討；他是翻譯家，保羅‧亞哲爾的《書‧兒童‧成人》與李利安‧Ｈ‧史密斯的《歡欣歲月》這兩部影響深遠的兒童文學理論書就出自他的譯筆；他更是在兒童文學工作最前線的教育者，十九歲自師範學校畢業後，在國小服務四十六年後才退休。

傅林統是廣博的，因此，一般人提到他，最先浮現的印象不見得是童話家。但事實上，做為一個童話家，傅林統很早就已取得身分證。檢視傅林統的創作歷程，我們發現，他

最早期的少年小說集《友情的光輝》（永安，1970年12月）的開頭兩篇〈黃鶯和少年〉、〈小燕子〉就是童話。而他第一部童話集《秋風姐姐》（成文）出版於一九七九年十二月，算起來，也已經是將近三十年前的事了。

2

如果要將傅林統至今的童話創作進行粗略的分期，我的想法是：《秋風姐姐》與《小龍的勇氣》（樹人，1982年2月）是第一期；《智商180小獼猴》（桃園縣政府文化局，2003年8月）是第二期；而二〇〇四、二〇〇五年在《國語時報》、《國語日報》刊載的「月亮說的故事」則是第三期。

在《秋風姐姐》與《小龍的勇氣》裡，傅林統有著濃重的為人師表的氣質。篇篇都有思想正確的結局，指導讀者迎向光明的未來。在戒嚴時期的台灣，這樣的童話可說中規中矩。但無可諱言，童話裡天馬行空、無厘頭的部分，傅林統較為欠缺。

3

　　一九八〇年代中期以來，由於多位年輕、專業（以寫童話為職志）、高學歷（因而對社會脈動及文學思潮較為敏銳）的寫手投入童話創作，恰巧政治上也解了嚴，台灣童話界因此有過一波「新浪潮」（借用電影界的用語）。而這期間，傅林統在童話的創作，相對來說減少了許多。

　　說來遺憾，台灣童話老將在解嚴前後停筆者不乏其人，譬如嚴友梅或林鍾隆等。令人欣慰的是，間隔二十一年未出版童話集的傅林統，在新世紀推出了趣味十足的《智商180小獼猴》。現今的兒童，對道德教條愈來愈排斥，說故事討好他們並不容易。退休的老校長在這本書裡極盡所能地借用鳥言獸語表演口技，讓人想起「返老還童」這句成語。傅林統寓教於樂的宗旨並沒變，變化的是，他童話的娛樂性愈來愈高了。這本書也證明了，傅林統是與時俱進的。

4

　　眾所週知，改寫與原創是童話的兩大型態，格林兄弟（改寫）與安徒生（原創）是同樣偉大的標竿。但解嚴以來的台灣新童話，令人目眩神迷的部分在於原創，改寫的工作嚴重不足。身兼評論家的傅林統不知是否看出了這一點，近

兩年身體力行，推出取材自台灣傳統民間故事的「月亮說
的故事」，透過現代語調的改寫，成為新時代的創作。

　　「月亮說的故事」之後，據知還有「星星說的故事」及
「太陽說的故事」。這些作品對台灣童話界來說，填補了改寫
傳統民間故事的缺口。對傅林統來說，可能也是他所有童話
作品中最亮眼的成績。《智商180小獼猴》之前的傅林統童
話不是不夠好，但類似的童話很多，看不出傅林統的特色。而像
「月亮說的故事」這樣成功改寫傳統故事的童話，先前僅有鄭清文在《燕心果》裡偶
一為之令人印象深刻而已。傅林統這一系列作品，相信會在台灣童話史上留下明顯
痕跡。

5

　　這本書共收錄二十三篇童話，上卷十二篇「月亮說的故事」從未出書。下卷
「鳥言獸語學校」十一篇雖是較早的作品，也有幾篇是首度結集。前後兩卷的風格，
讀者很容易看出不同之處。

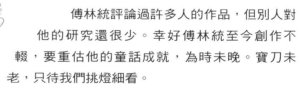

　　傅林統評論過許多人的作品，但別人對
他的研究還很少。幸好傅林統至今創作不
輟，要重估他的童話成就，為時未晚。寶刀未
老，只待我們挑燈細看。

九歌現代少兒文學獎
徵文辦法（摘要）

指導單位：行政院文化建設委員會
主辦單位：九歌文教基金會
協辦單位：九歌出版社有限公司

一、宗 旨：鼓勵作家創作少兒文學作品，以提升國內少兒文學水準，並提高少兒的鑑
賞能力，啟發其創意，並培養青少年開闊的胸襟及視野，以及對社會人生
之關懷。

二、獎 項：少年小說──適合十歲至十五歲兒童及少年閱讀，文字內容富趣味性，主
要人物及情節以貼近少兒生活為宜。文長四萬至四萬五千字左右。

三、獎 金：行政院文化建設委員會少兒文學特別獎──獎金二十萬元，獎牌一座
評審獎──獎金十二萬元，獎牌一座
推薦獎──獎金八萬元，獎牌一座
榮譽獎若干名，獎金每名四萬元，獎牌一座

四、應徵條件：

　　1.海內外華人均可參加，須以白話中文寫作。每人
應徵作品以一篇為限。為鼓勵新人及更多作家創
作，凡獲九歌現代少兒文學獎首獎者，三年內不
得參加。

　　2.作品必須未在任何報刊發表或出版。獲獎作品之出版權歸主辦單位
所有。

五、評 選：應徵作品經彌封後，即進行初審、複審、決審。評審委員於得獎名單揭曉
時公布。

附記：本辦法為歷屆徵文辦法之摘要，每屆約於每年十月至翌年一月底收件，提供有志創作少兒文學
者參考。（所有規定，依各屆正式公布之徵文辦法為準，請參閱九歌文學網：
http://www.chiuko.com.tw）

版權所有　翻印必究

童話列車 ⑤

傅林統童話

著　　　者： 傅林統

主　　　編： 徐錦成

插　　　圖： 貝　果

責 任 編 輯： 何靜婷

美 術 編 輯： 裝丁良品

發 行 人： 蔡文甫

發 行 所： 九歌出版社有限公司

　　　　　　臺北市105八德路3段12巷57弄40號

　　　　　　電話 / 02-25776564　傳真 / 02-25789205

　　　　　　郵政劃撥 / 0112295-1

九歌文學網： http://www.chiuko.com.tw

登 記 證： 行政院新聞局局版臺業字第1738號

印 刷 所： 晨捷印製股份有限公司

法 律 顧 問： 龍躍天律師・蕭雄淋律師・董安丹律師

初　　　版： 2007（民國96）年5月10日

初 版 2 印： 2009（民國98）年4月10日

定　　　價：220元

ISBN 978-957-444-403-8　　　　　Printed in Taiwan

書號：AC005

國家圖書館出版品預行編目資料

傅林統童話 / 傅林統 著 , 徐錦成 主編 , 貝果 插圖.
--初版. -- 臺北市：九歌, 民96
　面； 公分. -- (童話列車; 5)
　ISBN 978-957-444-403-8(平裝)

　859.6　　　　　　　　96005740